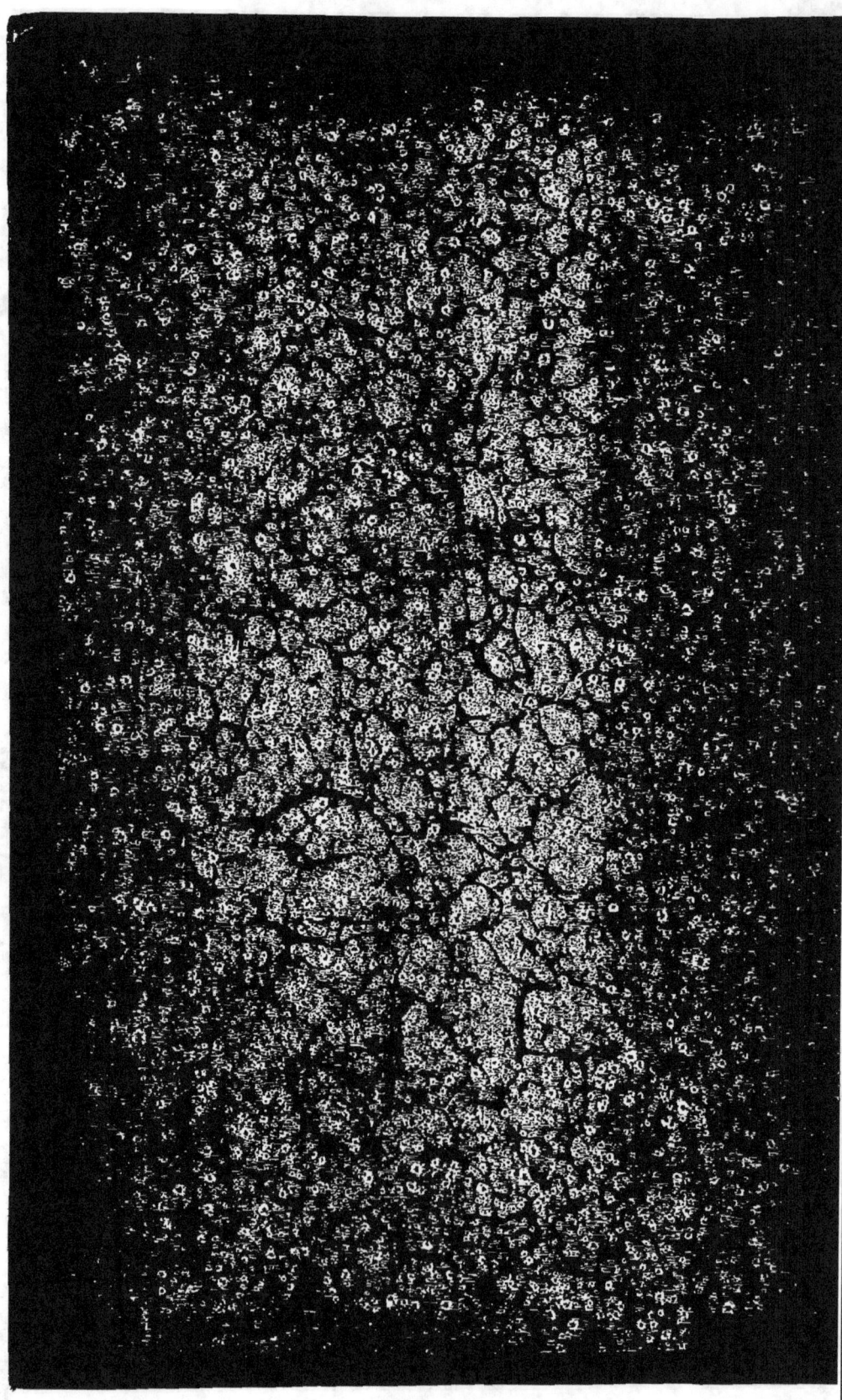

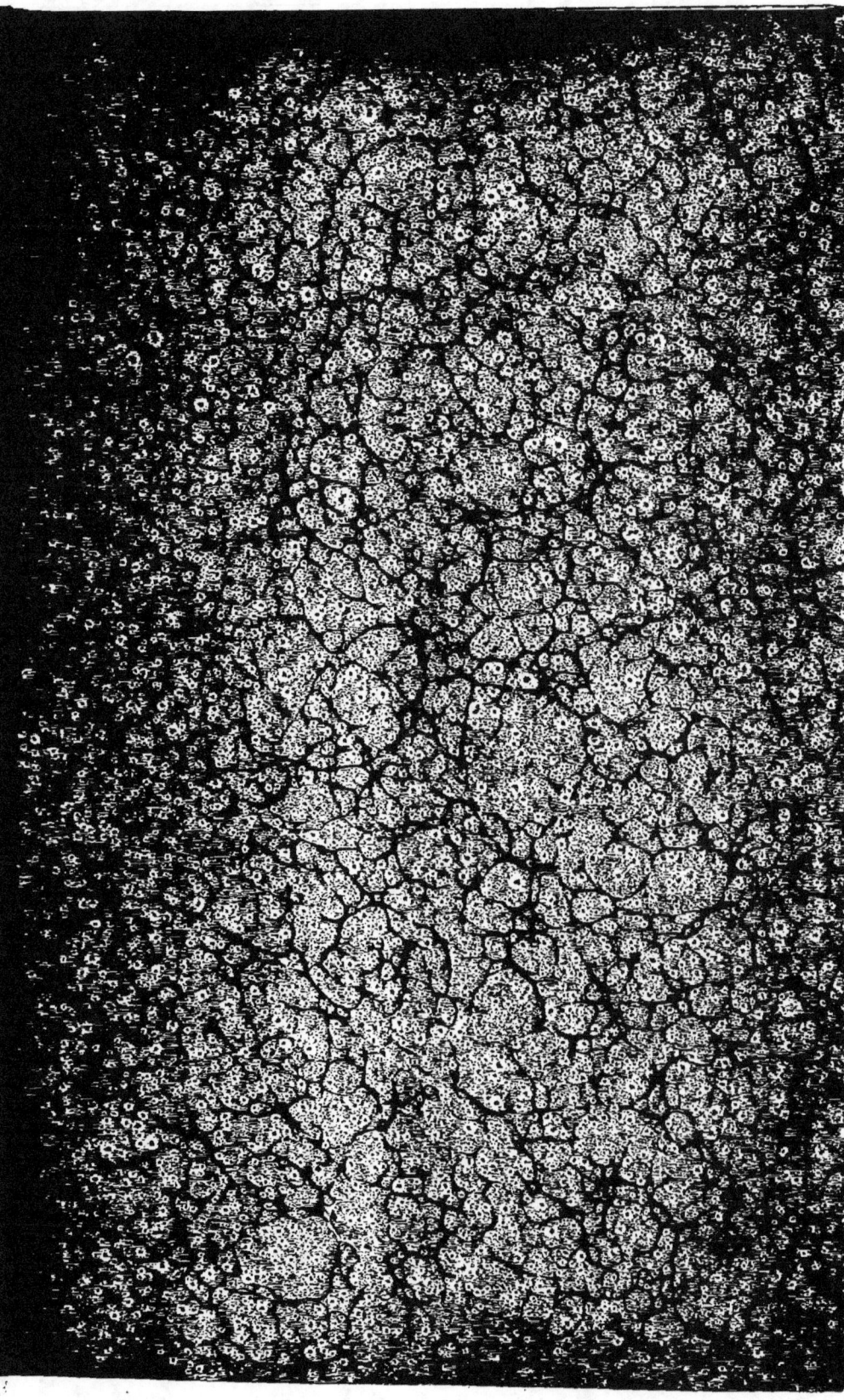

OBSERVATIONS

SUR LES PRINCIPAUX

MONUMENTS ET ÉTABLISSEMENTS PUBLICS

DE PARIS

PARIS. — IMPRIMERIE DE CH. LAHURE ET Cᵢᵉ
Rue de Fleurus, 9

OBSERVATIONS

SUR LES PRINCIPAUX

MONUMENTS ET ÉTABLISSEMENTS PUBLICS

DE PARIS

—

SOUVENIRS D'UN SOLITAIRE

PARIS

A. LELEUX, ÉDITEUR

RUE DE LA ROCHEFOUCAULD, 43

Chaussée du Maine

—

1863

PRÉFACE.

Nous n'avons pas la prétention, sous ce titre, d'examiner dans tous leurs détails les monuments et les établissements publics dont il va être question, et qui demanderaient chacun un volume pour bien les décrire; nous voulons seulement appeler davantage l'attention du public sur les richesses et les curiosités que renferme la capitale de notre belle France, patrie des arts, des sciences et des lettres, que Joseph de Maistre ne craint pas d'appeler *le plus beau royaume après celui du ciel*. Cette opinion d'un étranger, d'un écrivain célèbre qui a pu, dans ses voyages, apprécier les différentes contrées où il a séjourné, est acceptée par tous les hommes intelligents de l'univers qui viennent visiter notre pays ou s'y fixer.

Paris, ville natale et résidence préférée de tant d'hommes dont s'honore la France, possède, surtout depuis l'établissement des chemins de fer, une population flottante fort considérable, composée de nationaux et d'étrangers qui viennent y séjourner un temps plus ou moins long, mais qui ont presque tous le désir de ne pas le quitter sans avoir visité, au moins quelques instants, les choses les plus intéressantes qu'il renferme. Cette renommée de la grande ville n'est pas nouvelle; elle remonte à plusieurs siècles, et les historiens ont, sous ce rapport, depuis longtemps signalé son importance et cette prospérité croissante qui rejaillit sur tout le pays.

Nous allons essayer d'indiquer sommairement ces curiosités aux visiteurs étrangers, et mentionner les publications dans lesquelles on peut trouver de plus amples détails. Ce travail, nous l'espérons, ne sera pas moins utile à bien des Parisiens de toutes les conditions, qui tirent vanité de leurs courses en pays étrangers et qui ignorent les ressources que leur offre Paris, pour occuper agréablement et utilement leurs loisirs. Les richesses que renferment nos monuments publics, les musées, les bibliothèques, sont aussi intéressantes pour les savants, les artistes, que pour les artisans à quelque profession qu'ils appartiennent. Et puis, il faut que l'homme sache faire diversion à ses occupations ordinaires pour détendre son esprit; la pratique de cet avis si conforme à la raison et si nécessaire pour la vie active de notre époque, s'adresse à tout le monde, et beaucoup de personnes se trouvent fort bien de le suivre. C'est ainsi que nous voyons des magistrats s'occuper par distraction et avec succès d'art mécanique; des ecclésiastiques, d'arts libéraux; des médecins, de numismatique ou d'astronomie; des avocats, d'archéologie; des commerçants, des littérateurs qui sont des horticulteurs habiles. Cette diversion aux occupations habituelles, loin de nuire, repose l'esprit et le fortifie.

Quoi de plus noble pour se distraire et qui puisse mieux nous disposer à comprendre, aimer et respecter l'humanité, que l'étude des monuments, des arts, de l'histoire, ou celle des sciences naturelles ou d'érudition.

Profitons donc des nombreuses ressources que nous offre pour cela, et à profusion, notre belle capitale.

INTRODUCTION.

L'origine de Paris se perd dans une obscurité impénétrable, et tout ce qu'on a avancé sur ce sujet n'est que conjectures[1]. Jules César est le premier écrivain qui ait parlé de cette ville, à propos de la conquête qu'il en fit 52 ans avant J.-C., par l'habileté de son lieutenant Labienus. Ce n'était à cette époque qu'un bourg (*oppidum*). Son enceinte, limitée par la Seine, ne s'étendait pas encore au delà de l'île de la Cité[2]. En dehors de l'île, les deux rives

1. Dans son *Dictionnaire iconographique des monuments de l'antiquité chrétienne et du moyen âge*, 2 vol. in-8°, publié en 1845, M. Guenebault indique au mot *Paris* les ouvrages et les plans que l'on peut consulter avec fruit pour connaître l'histoire de cette capitale.

2. Suivant les historiens qui ont décrit avec le plus de vraisemblance l'expédition de Labienus contre les Parisiens, le lieu où ce général romain remporta la sanglante victoire qui lui livra

de la Seine étaient boisées sur plusieurs kilomètres de profondeur. Ces bois se rattachaient à deux vastes forêts dont les extrémités les plus rapprochées de la ville subsistent encore sous le nom de bois de Boulogne et bois de Vincennes. Le premier de ces bois ne faisait qu'un avec la forêt de Laye ou Leie, dont Saint-Germain-en-Laye a conservé le nom; et les bois de Montmorency, de Chatou, de Meudon, etc., en sont également des parties séparées. Le bois de Vincennes se reliait à la forêt de Sénart, qui s'étendait encore, au temps de Henri II, des portes de la ville de Melun au pont de Charenton [1].

Successivement, et dès que Paris se peupla davantage, il sortit des limites de l'île et s'étendit à peu près également sur les deux rives de la Seine; le déboisement s'opéra peu à peu, afin de livrer les

Paris, serait la plaine située entre la Seine et Vitry-sur-Seine. M. le général Creuly a publié dans la *Revue archéologique*, année 1859, page 560, une note très-précieuse, accompagnée de dessins recueillis lors de la construction du fort de Charenton en 1842, qui donnent, ce nous semble, gain de cause aux partisans de la plaine de Vitry sur ceux qui veulent que ce fait de guerre se soit passé dans la plaine où se sont depuis établis les villages d'Issy et de Vaugirard. Ces dessins représentent les vestiges des retranchements de l'armée gauloise qui défendait Paris contre l'invasion romaine.

1. A. Maury, *Histoire des grandes forêts de la Gaule et de l'ancienne France*, etc., 1 vol in-8°. Paris, 1850. Page 234 et suiv.

terres les plus rapprochées à la culture nécessaire pour l'alimentation de la ville; puis, ces mêmes terrains se couvrirent d'habitations qui furent comprises dans les enceintes successives de la ville, ce qui vient encore d'avoir lieu de nos jours par l'annexion, depuis le 1er janvier 1860, de toute la banlieue de Paris. Par suite de cette annexion le mur d'enceinte fut démoli immédiatement dans toute son étendue, les bâtiments de l'octroi disparurent[1], à l'exception de quelques-uns, qui sont employés à un autre usage, et Paris reçut pour limites sa muraille bastionnée, construite depuis l'année 1840, sous le règne de Louis-Philippe.

Cette nouvelle enceinte, qui a considérablement augmenté la population et doublé l'étendue de la ville, en lui conservant sa forme à peu près circulaire, embrasse une superficie de 70 880 000 mètres, dont les deux points opposés sont : en amont de la Seine, le bois de Vincennes, et en aval, le bois de Boulogne, lesquels viennent d'être tous les deux transformés en jardins ou promenades publiques.

---

1. MM. Bachelet et Dezobry ont eu l'heureuse idée de consacrer dans leur *Dictionnaire général des lettres, des beaux-arts*, etc., un article spécial aux propylées de Paris et de l'accompagner de dessins de plusieurs de ces bâtiments de barrières, de manière à conserver le souvenir de ces constructions d'une architecture qui n'était pas sans mérite.

Les nouveaux quartiers annexés à Paris ne renfer-
mant pas d'établissement dont nous ayons à nous
occuper ici, nous suivrons donc, pour notre itinéraire, le cours de la Seine, rive gauche, en partant
du pont d'Austerlitz et en nous avançant dans la
ville jusqu'aux points à visiter ; puis, nous remon-
terons son cours pour parcourir la rive droite [1].

1. On trouve dans le *Dictionnaire historique des rues et des
monuments de Paris*, 1 vol. in-8°, publié en 1838, des renseignements sur les monuments et les établissements publics. Ce
livre peut être aussi très-utile aux personnes qui ont des recherches à faire dans les anciens titres de propriétés ou actes
relatifs à Paris, puisqu'il donne des indications précises des rues
qui n'existent plus ou qui ont changé de nom.

OBSERVATIONS

MONUMENTS ET ÉTABLISSEMENTS PUBLICS

DE PARIS.

ITINÉRAIRE.

RIVE GAUCHE.

I

PONT D'AUSTERLITZ.

Jetons d'abord un coup d'œil sur le pont d'Austerlitz, primitivement construit sous le règne de Napoléon 1er, de 1803 à 1806. Ses arches en fer s'appuyaient sur des piles en pierre; démoli en 1854, il a été reconstruit dans la même année tel que nous le voyons aujourd'hui. C'est un des ponts les plus fréquentés de Paris.

Le boulevard de l'Hôpital, qui s'offre à notre gauche, en face du pont d'Austerlitz, nous mènera à peu près directement à la célèbre manufacture des Gobelins.

II

MANUFACTURE DES GOBELINS.

Cet établissement doit son origine et son nom à Gilles *Gobelin,* de Reims, qui excellait, ainsi que ses descendants, dans la teinture des laines, et qui vint s'établir à cet endroit en 1540, où il acquit de vastes terrains pour y construire ses ateliers. Son nom devint si célèbre, qu'on le donna à tout ce quartier, même à la petite rivière de Bièvre qui passe près de cette manufacture, et dont l'eau est très-estimée, ou l'était au moins dans ce temps-là, pour la teinture. Dès le commencement du xive siècle, les premiers drapiers qui s'établirent à Paris demeuraient dans ce quartier[1]. Aux Gobelins succédèrent les sieurs Canaye, qui commencèrent à fabriquer des tapisseries de haute lisse. Colbert, frappé de la beauté des ouvrages qui sortaient de cette fabrique, résolut de la mettre sous la protection du roi ; il en fit l'ac-

---

1. Francisque Michel : *Recherches sur le commerce, la fabrication et l'usage des étoffes de soie, d'or et d'argent et autres tissus précieux en Occident, et principalement en France pendant le moyen âge,* 2 vol. in-4°. Paris, 1852-54, tome II, pages 24 et 484.

quisition en 1662, fit construire les bâtiments ac-
tuels, et, en 1667, le célèbre peintre Lebrun en eut
la direction. C'est à partir de cette époque que cet
établissement acquit la réputation qu'il a toujours
conservée, en produisant ces chefs-d'œuvre de tapisserie destinés à orner les châteaux royaux, et
souvent aussi les habitations des princes de l'Europe, qui en reçurent des cadeaux du souverain
français[1]. Le public est admis à visiter les galeries
de cette manufacture, où sont exposés plusieurs de
ses remarquables produits, et aussi les ateliers, de
deux heures à quatre heures, avec des billets délivrés au ministère de la maison de l'Empereur.

Comme la manufacture de porcelaine de Sèvres,
la manufacture des Gobelins dépend de la Couronne.
La liste civile du chef de l'État en fait les frais, et,
par conséquent, le souverain dispose à son gré de
leurs produits.

III

MUSÉUM D'HISTOIRE NATURELLE.

Reprenons le boulevard de l'Hôpital jusqu'à notre
point de départ, et là, à notre gauche, s'offre le su-

1. Voir les articles *Tapis* et *Tapisseries* dans le *Dictionnaire
des lettres, des beaux-arts*, etc., de MM. Bachelet et Dezobry,
deuxième partie, pages 1697 et suivantes, in-8, 1862.

perbe jardin du Muséum d'histoire naturelle ou Jardin des Plantes, dont l'origine remonte à l'année 1635. Ce ne fut d'abord qu'un jardin botanique, auquel on adjoignit successivement diverses branches de l'histoire naturelle.

Aujourd'hui, ce magnifique établissement, qui compte parmi ses administrateurs, à diverses époques, les savants les plus illustres, est le premier et le plus riche de ce genre qui existe dans l'univers, dont il forme comme le centre scientifique, par les rapports des directeurs des diverses divisions avec les voyageurs et les savants étrangers. Il possède des galeries de zoologie dans lesquelles sont classés méthodiquement les insectes, les papillons, les reptiles, les oiseaux et les quadrupèdes de toutes espèces; des galeries de minéralogie, de géologie, où sont rassemblés à l'état brut, des milliers d'échantillons de tous les produits du sein de la terre ; une galerie d'anatomie comparée, d'une richesse et d'un intérêt indescriptibles ; un jardin botanique et une ménagerie d'animaux vivants. Tous ces trésors sont livrés gratuitement à l'étude et à la curiosité du public tous les jours de la semaine.

Le jardin, si pittoresque et si varié, offre la promenade la plus agréable et la plus instructive pour l'observateur qui sait admirer la nature. On y trouve les arbres et arbrisseaux les plus curieux et les plus rares ; des plantes de toutes les parties du monde, cultivées dans des serres spacieuses ou en plein air, suivant les espèces. Des animaux des diverses contrées du globe y sont rassemblés, soit parqués, suivant leur nature, ou enfermés dans des fosses ou des loges grillées. Ici, tout parle à l'intelligence et éveille dans le cœur des promeneurs une admiration profonde pour les beautés de la nature; aussi, cet établissement est-il, de toutes les institutions scientifiques de Paris, le plus populaire et le mieux apprécié par le public.

Originairement, il n'y avait au Jardin des Plantes, conformément au but primitif de son institution, que des plantes; les animaux vivants n'y avaient point encore leur place, comme aujourd'hui, et on n'y songea même pas de longtemps, car ce n'est que de la fin du xviii° siècle, à l'époque de la révolution, que date la fondation de la ménagerie. On la doit à un arrêté énergique et salutaire du procureur général de la Commune, qui, pour remédier aux accidents causés par les exhibitions publiques d'animaux féroces et à l'encombrement qu'elles occasionnaient sur les places publiques, ordonna la saisie immédiate de toutes ces ménageries foraines et leur transport au Jardin des Plantes, où elles furent installées à demeure après estimation de leur valeur et indemnité donnée à leurs propriétaires. Puis, pour compléter la ménagerie et y faire figurer la classe des animaux pacifiques, on eut recours aux parcs seigneuriaux, qui étaient devenus propriétés nationales. Le Raincy, surtout, fournit une bonne part des cerfs, daims, chevreuils et autres habitants de nos forêts qui vinrent prendre place au Jardin des Plantes à côté des ours, des tigres, des lions, des chameaux, des dromadaires qui y étaient rassemblés. La ménagerie du parc de Versailles fut, à la même époque, transportée à Paris. Telle est l'origine de la ménagerie du Muséum d'histoire naturelle, qui a pris un si grand développement depuis.

Une bibliothèque spéciale pour le Muséum d'histoire naturelle a été installée dans l'étage supérieur de la galerie de minéralogie; elle est surtout riche en gravures et dessins, en livres rares et manuscrits sur l'histoire naturelle. Le public est admis tous les jours de la semaine, excepté le dimanche et le jeudi, à venir y consulter les publications concernant cette science, imprimées, soit en France, soit à l'étranger. Le public est également admis à visiter toutes les collections et à assister aux cours gratuits qui se professent dans l'amphithéâtre de cet établissement.

IV

NOTRE-DAME DE PARIS.

Après avoir parcouru le jardin et les galeries du Muséum d'histoire naturelle, revenons sur les bords de la Seine, et, suivant son cours, nous passons devant l'entrepôt des vins, construit sur les terrains qu'occupait jadis l'abbaye de Saint-Victor. De là, on jouit d'une de ces vues splendides qu'offre la grande ville aux aspects si variés; nous apercevons déjà dans l'île de la Cité la Cathédrale, monument gothique d'une richesse architecturale admirable, et qui, depuis bientôt vingt années, est dans les mains des ouvriers et des artistes, occupés à le restaurer jusque dans ses moindres détails. A mesure que nous approchons de ce bel édifice, nous découvrons davantage la richesse et la variété de son architecture; c'est de ce quai que l'œil embrasse la plus grande partie de l'effet général du monument, de ces riches galeries, de l'habile et élégante disposition des arcs-boutants et des contre-forts surmontés de pyramides et de clochetons. On remarque avec admiration le génie des architectes du moyen âge pour donner ainsi le caractère d'ornements à ces moyens de résistance pour contre-balancer la poussée des voûtes élevées et déguiser si ingénieusement par l'élégance de tous ces jets de pierre, la massive structure du corps de l'édifice. Au milieu du jardin, qui occupe au chevet de la cathédrale l'emplacement des bâtiments et dépendances de l'archevêché démoli en 1831, on remarque une fontaine construite sur les dessins de Vigoureux l'aîné. Cette fontaine, d'un très-bon goût, a cependant le défaut d'être élevée dans des proportions trop petites par rapport à l'édifice qui est à côté [1].

V

HÔTEL-DIEU. — PETIT-PONT. — SAINTE-CHAPELLE.

Près de la Cathédrale est l'Hôtel-Dieu, dont les bâtiments, construits sur les deux rives de la Seine, se relient par un pont couvert, puis le Petit-Pont, reconstruit avec une seule arche en 1853. C'est à l'obligeance de M. Forgeais que nous devons la vue ci-jointe de ce pont tel qu'il existait avant la démo-

1. Voyez sur les fontaines monumentales de Paris un article spécial, pages 899 et suivantes, de la première partie du *Dictionnaire général des lettres, des beaux-arts et des sciences morales et politiques*, de MM. Bachelet et Dezobry, in-8, Paris, 1862.

lition du Petit-Châtelet, forteresse que l'on voit à gauche. Bâtie en 1369, c'était la demeure du prévôt de Paris en 1402 ; au xviiie siècle, elle servit de prison jusqu'en 1782 qu'elle fut entièrement démolie [1]. En quelques instants nous arrivons au pont Saint-Michel, d'où l'on aperçoit la flèche de la Sainte-Chapelle, chef-d'œuvre de l'art gothique construit sous le règne de saint Louis et qui a été compléte-

Vue du Petit-Pont, prise du pont Saint-Michel.

ment restauré dans ces dernières années. Il est regrettable que ce précieux monument, qui fait l'admiration des artistes de tous les pays et pour lequel l'administration a fait de si grandes dépenses de restauration, ait été enserré, étouffé par les con-

1. Dans son recueil intitulé : *Eaux fortes sur Paris*, publié en 1852, M. C. Meryon a donné une vue de l'ancien Petit-Pont et des maisons qui y étaient attenantes au nord peu de temps avant la démolition.

structions nouvelles du Palais de Justice qui le dé-
robent à la vue. Ses vitraux, si remarquables, restaurés par M. Steinheil, manquent d'air et de
lumière.

VI

PONT SAINT-MICHEL.

Le pont Saint-Michel, reconstruit en 1857, se
nommait, en 1378, Pont-Neuf. Son nom actuel lui
a été donné en 1424 à cause de sa proximité de
la chapelle Saint-Michel, où fut baptisé Philippe
Auguste, et qui existait encore vers la fin du
XVIII⁰ siècle dans la cour de la Sainte-Chapelle[1].

VII

FONTAINE SAINT-MICHEL. — BOULEVARD SÉBASTOPOL.

En face le pont, on remarque la Fontaine de
Saint-Michel, dont l'inscription nous fait connaître

1. On trouve de curieux renseignements sur la construction
des ponts en France, et sur la confrérie religieuse des hospitaliers
pontifes qui prit naissance au XII⁰ siècle, dans l'important travail
de M. A. Champollion, publié sous le titre de : *Droits et usages
concernant les travaux de constructions sous la troisième race des
rois de France* (987 à 1380), *Revue archéologique*, année 1858,
p. 137 et suiv.

l'époque de sa construction. Là est le commencement du boulevard de Sébastopol de la rive
gauche[1].

Ce boulevard est, suivant nous, le plus beau des
boulevards modernes, car, fort heureusement, il
n'a pu être tracé comme les autres sur une ligne
droite. Celui-ci est tordu, bossu, et il faut convenir
que, grâce à sa difformité, il présente une perspective plus pittoresque et plus agréable. On y retrouve bien un peu cette désagréable uniformité de
nos maisons modernes ; mais cette uniformité fati-
gante est amoindrie ici par les charmants jardins
du musée des Thermes et de l'hôtel de Cluny et par
celui du Luxembourg, qui rompent de distance en
distance cette inflexible ligne droite sur laquelle
sont tracées les autres voies nouvelles. Cette chaussée, dont on vient d'adoucir considérablement la
pente, surtout vers le Luxembourg, conduit à l'Ob-

---

1. Nous disons *boulevard*, bien que ce mot, en cette occasion,
ne sera pas admis par l'Académie, car une chaussée, une avenue
qui traverse une ville n'est pas un boulevard, comme la partie
de ses fortifications ou la voie publique qu'on a établie sur son
emplacement. Ce mot est ici employé improprement par les en-
trepreneurs et les propriétaires de ces voies nouvelles, qui veulent
probablement rivaliser avec les anciens boulevards de la Madeleine, des Italiens, Montmartre, etc., et s'imaginent peut-être
les imiter, qui sait même, les surpasser dans leur vogue, en leur
donnant un nom qui ne leur appartient pas. Nous regrettons que
l'administration ait consacré cette fausse dénomination sur les
inscriptions placées au commencement de ces *chaussées* ou
avenues.

servatoire, et, à quelques pas plus loin, aux magnifiques boulevards de l'ancienne enceinte de la ville,
transformés en promenades qui font de ce quartier
nouvellement annexé à Paris, l'un des plus sains et
des plus agréables. C'est là qu'est située l'entrée
des catacombes dont il sera parlé plus loin.

Plusieurs rois de France ont veillé avec une
grande sévérité à la propreté et à la salubrité des
rues et des habitations de Paris. C'est au règne de
Philippe Auguste que remonte l'origine du pavage
des rues, et c'est aussi à cette époque que la législation de la voirie prit plus de régularité et qu'elle
passa des attributions des juges ordinaires dans
celle du prévôt de Paris et des commissaires généraux. Pendant le xive siècle, des ordonnances
royales prescrivirent les grandes mesures de po-
lice ; les règlements du prévôt pourvoyaient à la
propreté des rues et à l'établissement du pavage à
la charge des citoyens à chacun devant sa propriété[1]. François Ier, dans sa sollicitude pour sa
chère ville, ne permettait pas que les maisons fussent trop élevées, et qu'on détruisît les jardins,
qu'il regardait avec raison comme un moyen de
salubrité pour une grande ville. Aujourd'hui, où la
spéculation s'est emparée de la construction des
maisons, non-seulement les jardins disparaissent,

1. A. Champollion, *Droits et usages*, etc., *Revue archéologique*,
1857, p. 27, 41, 44.

mais aussi les cours que l'on ménageait autrefois pour aérer et rendre plus salubres les habitations, qui étaient cependant moins resserrées qu'à présent.

L'édilité parisienne vient de doter la ville de plusieurs places plantées d'arbres et de petits jardins ; elle a fait élargir les voies pour rendre la circulation plus facile et moins dangereuse. Les logements qui prennent le jour et l'air sur ces voies publiques sont suffisamment salubres ; mais ceux qui sont dans l'intérieur de ces agglomérations de maisons de cinq à six étages, où les nombreux habitants respirent le même air, les exhalaisons des uns et des autres, n'ont qu'un jour insuffisant et, pour ventilateur, des espèces de puits de quelques mètres carrés, ménagés dans ces masses de constructions, aujourd'hui neuves et bien entretenues, et qui seront probablement un jour des habitations très-peu saines. L'instabilité des choses humaines ne permet pas de croire que ces constructions nouvelles seront toujours habitées, comme elles le sont aujourd'hui, par des personnes qui, par le prix élevé de leurs loyers, facilitent un entretien de propreté minutieux. Ne voyons-nous pas de nos jours des hôtels autrefois splendides, des maisons de notables bourgeois du siècle dernier, dont les appartements sont occupés par des artisans et des familles peu aisées. Ces transformations ont toujours eu lieu et se renouvelleront encore.

VIII

MUSÉE DES THERMES ET DE L'HÔTEL DE CLUNY.

Visitons en passant le musée des Thermes et de l'hôtel de Cluny, dont l'entrée est dans la rue des Mathurins. Ouvert au public le dimanche, on peut aussi le visiter les mercredis, jeudis et vendredis avec des billets délivrés par le conservateur.

Ce musée, acquis par l'État en 1844, a été disposé par le conservateur, M. Ed. Dusommerard, avec un goût et une connaissance parfaite des monuments qu'il renferme. Dans de vastes salles est distribuée et classée avec ordre la collection la plus admirable d'objets du moyen âge et de la renaissance ; les émaux, la bijouterie, l'horlogerie, la tapisserie, l'armurerie, la menuiserie et l'ébénisterie, la serrurerie, etc., enfin tout ce qu'a produit de beau notre art national, y est représenté ; et, dans les jardins et sous les immenses voûtes des Thermes[1], sont dis-

1. Dans le *R cueil des antiquités*, publié par le comte De Caylus, in-4°, Paris, 1756, on trouve le plan et des élévations de ces thermes très-exactement relevés à cette époque, et ceux de l'aqueduc d'Arcueil dont les eaux alimentaient ces bains. Ces ruines romaines sont les seules qui existent à Paris.

posés les restes précieux de nos monuments, qui, depuis la fermeture du Musée des monuments français, n'avaient plus d'asile.

Dès l'année 1819, M. le duc d'Angoulême projeta d'établir sous ces voûtes majestueuses un musée gallo-romain. M. Quatremère de Quincy fit un rapport sur ce projet et le ministre de l'intérieur obtint un crédit annuel de trente mille francs pour couvrir les frais nécessaires et indemniser l'hospice de Charenton, à qui appartenait alors le palais des Thermes. Ce projet fut en quelque sorte abandonné, car ce n'est qu'en 1831 que, sur la proposition de M. Boulay de la Meurthe, la salle des Thermes fut acquise par la ville de Paris pour y établir le dépôt de tous les monuments curieux recueillis dans les travaux de la ville et les restes précieux de tous ceux que la nécessité des alignements obligeait de démolir[1].

Dans une savante notice publiée lors de l'ouverture du musée des Thermes et de l'hôtel de Cluny[2],

1. Le manque d'espace n'a pu permettre la réunion que de quelques monuments celtiques et gallo-romains dans le musée des Thermes. Un décret impérial du 8 mars 1862 a approuvé la création d'un musée d'antiquités celtiques et gallo-romaines dans le château de Saint-Germain-en-Laye, qu'on dispose en ce moment pour cet usage, et où sont déjà déposés les objets de cette époque qui étaient au Louvre. Ce musée est placé dans les attributions de la direction générale des musées impériaux.

2. *Revue archéologique*, année 1844, p. 18 et suiv.

A. Duchalais a tracé l'histoire des bâtiments dans lesquels il a été installé et nous fait connaître l'origine et la transformation en établissement public de la précieuse collection d'objets d'art du moyen âge, rassemblés par M. Dusommerard père dans les salles de l'hôtel de Cluny, alors propriété particulière.

Lorsque les abbés de Cluny cessèrent d'habiter cette résidence, elle perdit peu à peu son éclat, et reçut successivement dans son sein des hôtes bien divers; on y vit tour à tour la reine Marie d'Angle-

Bandeau sculpté de la porte de l'hôtel de Cluny.

terre, veuve de Louis XII, les comédiens de Henri III, les nonces des papes, les religieux de Port-Royal, etc., et, à l'époque de la révolution, vendu comme propriété nationale, l'hôtel de Cluny fut peuplé de commerçants et de personnes de professions diverses, jusqu'au jour où l'État s'en rendit acquéreur.

La porte d'entrée, ornée jadis d'un pignon découpé à jour, conserve encore un large bandeau décoré d'ornements en relief dont nous donnons ici un fragment.

Au-dessus du mur dans lequel s'ouvre la porte d'entrée, régnait une série de créneaux qui ont été rétablis par M. Albert Lenoir, architecte du musée, conformément à ceux qui avaient été épargnés par le temps.

Après avoir franchi cette porte, on se trouve dans la cour d'honneur, au fond de laquelle est la façade principale de l'hôtel, composée d'un corps de bâtiment flanqué de deux ailes qui s'avancent jusqu'à la rue des Mathurins. Les ornements et les dispositions générales de ces bâtiments sont, à peu de chose près, les mêmes : rez-de-chaussée, premier étage, *galetas*.

Ces bâtiments sont surmontés d'une galerie à jour derrière laquelle s'élèvent les fenêtres du galetas, conçues dans le même système que celles du premier étage, encadrées dans des moulures prismatiques ; mais elles sont plus chargées d'ornements et ont chacune un fronton aigu qui portait autrefois les écussons de la famille d'Amboise, dont l'un des membres, Jacques d'Amboise, abbé de Cluny, fit reconstruire cet hôtel en 1490. La plate-bande de l'entablement est sculptée avec un grand soin et présente un enroulement continuel de feuillages et d'animaux fantastiques qui se prolonge d'un bout à l'autre de l'édifice.

Le dessin ci-joint d'une travée de ce bâtiment complétera notre courte description.

Dans la cour existe une tourelle de forme octogone

Élévation d'une travée de l'hôtel de Cluny.

dans laquelle se trouve l'escalier principal, comme

cela avait lieu dans tous les hôtels et maisons sei-
gneuriales construits à cette époque. Trois astro-
nomes célèbres, De Lisle, Monnier et Lalande, établirent successivement, et durant bien des années,
leur observatoire dans cette tour.

Du côté du jardin, la façade est d'une architecture
plus sévère, mais richement ornée, ainsi que l'extérieur de la chapelle, dont l'abside forme saillie sur

Cheminé.s de l'hôtel de Cluny.

le jardin. Tout, dans la décoration de ces bâtiments,
est admirable; et jusque dans ces cheminées en
briques et en pierre, on retrouve le goût délicat des
architectes de cette époque.

L'intérieur des bâtiments est divisé en grandes
salles qui renferment, comme nous l'avons dit, la
collection la plus riche et la plus curieuse des produits de l'art français du moyen âge et de la renais-

sance. On peut, en présence de ces objets, se faire une idée exacte des usages de nos ancêtres, de leurs ameublements, de leurs costumes, etc.

Une série considérable de petits monuments que possède le musée, et qui est d'autant plus intéressante qu'elle se rattache particulièrement à l'histoire de Paris, est la collection des plombs historiés trouvés dans les nombreux travaux de canalisation de la Seine et recueillis avec soin dans l'espace de plusieurs années par M. Arthur Forgeais. Cette collection, si précieuse à beaucoup d'égards, a été acquise par l'Empereur en 1861, qui en a fait don au musée de l'hôtel de Cluny ; elle se compose d'un grand nombre de jetons ou méreaux de confréries, de corporations et professions diverses, ainsi que d'une quantité d'enseignes de pèlerinages, sortes de médailles ou de figurines qui, du xiiie au xvie siècle, s'attachaient à la *bérette* ; telle était la petite bonne Vierge en plomb si connue, attachée sur le bonnet du roi Louis XI. De nos jours, on voit encore, en Bretagne, de ces objets suspendus aux cordons du chapeau rond des campagnards. Cette collection de plombs historiés a fourni à M. Forgeais le sujet de publications fort intéressantes, dans lesquelles sont décrits tous ces monuments dont il donne les dessins[1]. Ces publications sont précieuses pour l'histo-

1. Arthur Forgeais, *Notice sur les plombs historiés trouvés dans la Seine*, 1 vol. in-8°. Paris, 1858 ; du même auteur : *Collection*

rien, l'artiste, l'archéologue, qui y trouvent la représentation de tous ces objets, et des attributs, emblèmes et légendes des diverses corporations de Paris. On regrette que cette collection n'ait pu encore être exposée aux regards du public.

La chapelle, si remarquable par son élégance, la richesse et la légèreté de ses sculptures, renfermait autrefois plusieurs statues des membres de la famille d'Amboise, par Paul Ponce, l'auteur des statues du tombeau de Louis XII, à Saint-Denis. Ces statues ont été brisées à l'époque de la révolution, et leurs fragments employés comme matériaux dans la construction d'un mur sous cette chapelle, où on les a retrouvées en 1844, lors de l'exécution des travaux de restauration pour l'installation du musée.

L'une des salles attenant à la chapelle était jadis décorée de fresques dont on a retrouvé des traces sous les papiers de tentures. Le savant architecte du musée, après avoir calqué avec soin ces restes de peintures, dont nous donnons ici un spécimen, les a fait restaurer dans le même style.

Pour visiter ces collections avec tout l'intérêt qu'elles peuvent offrir, le conservateur, M. Ed. Dusommerard, a rédigé un catalogue descriptif qui se vend à l'entrée du musée.

des plombs historiés trouvés dans la Seine, 1re série, corporations des métiers, 1 vol. in-8, Paris, 1862 ; 2e série, enseignes de pèlerinages, 1 vol. in-8, 1863.

A son origine, ce musée n'avait pas l'étendue ni les belles dispositions qu'il possède aujourd'hui. Les maisons des rues du Foin, de la Harpe et des Ma-

Peinture d'une salle de l'hôtel de Cluny.

thurins dans lesquelles il était enclavé ont été successivement démolies; sur léur emplacement on a tracé de nouveaux jardins, et aujourd'hui le palais des Thermes et l'hôtel de Cluny sont complétement isolés de toutes autres constructions, par suite de la démolition récente d'une partie de l'ancien couvent des Mathurins.

Le premier jardin, sorte de terrasse devant les croisées de la galerie du rez-de-chaussée de l'hôtel de Cluny, est le seul qui existait lors de l'acquisition de cet hôtel par l'État. Il était entouré de hautes et vieilles maisons qui lui donnaient un aspect triste, et dont la végétation était toute souffreteuse et étiolée. Au milieu est une colonnette surmontée d'une Vierge qui décorait l'entrée principale de l'abbaye de Saint-Victor, où existe aujourd'hui l'entrepôt des vins.

De cette terrasse on descend dans un jardin gazonné et vallonné bordé par le boulevard Saint-Germain. On remarque dans ce jardin, adossée à la chapelle, la porte de l'ancien collége de Bayeux, qui existait dans la rue de la Harpe, en face le collége Saint-Louis; à côté est le porche du cloître des Bénédictins d'Argenteuil, et çà et là, dans les pelouses, des statues, des chapiteaux et des bas-reliefs provenant de monuments détruits. Près de l'entrée de ce jardin, à l'angle des boulevards Saint-Germain et de Sébastopol, sont placés trois monstres symboliques sculptés en pierre, qui ont, pendant plusieurs siècles, dominé Paris du haut de la tour Saint-Jacques-la-Boucherie.

De ce jardin on pénètre, du côté du boulevard de

Sébastopol, dans l'ancien *tepidarium* [1] des Thermes, dans lequel on a planté quelques arbres. Sous l'un d'eux on a réédifié une sépulture celtique composée de pierres brutes disposées en rond; près de là on remarque d'énormes grès provenant de l'ancienne voie romaine qui est aujourd'hui la rue Saint-Jacques [2]. On remarque aussi un bas-relief qui représente des poissons; c'est l'enseigne d'un batelier pêcheur qui demeurait, au xviie siècle, dans la rue Saint-Germain-l'Auxerrois. A côté sont des fragments de sculptures provenant de monuments démolis.

De ce jardin on pénètre dans un autre qui forme l'angle de la rue des Mathurins et du boulevard de Sébastopol; c'est sans doute l'emplacement du *sudatorium* des Thermes. Il est orné, comme les précédents, de sculptures des siècles passés. De ce jardin, revenant dans le précédent, on monte par quelques degrés dans une petite salle servant à faire communiquer le *tepidarium* avec le *frigidarium*, grande salle voûtée où l'on prenait les bains froids. Cette

1. Salle où l'on maintenait une température moyenne, afin de préparer le corps à la violente chaleur du *Sudatorium*, lieu où se prenait le bain de vapeur, et quand on en sortait, pour servir de transition avec l'air extérieur. *Éléments d'archéologie*, par Batissier, 1 vol. in-12, avec un grand nombre de dessins représentant les objets décrits.

2. M. Gilbert a publié une notice sur cette découverte, et l'a accompagnée d'un dessin de la coupe du terrain où elle a eu lieu. Voy. *Revue archéologique*, année 1844, p. 188.

salle immense, et d'une belle conservation, contient plusieurs fragments d'anciens monuments de Paris; la pierre tombale d'un chevalier français rapportée de Chypre [1]; la statue de l'empereur Julien, qui a habité ce palais; plusieurs tombes en pierre trouvées dans des fouilles. De cette salle on pénètre, en montant encore quelques degrés, dans une ancienne cour de l'hôtel de Cluny transformée en jardin, duquel, en passant sous le portail de l'ancienne église de Saint-Benoît [2], réédifié en cet endroit, on revient dans le grand jardin qui nous ramène à travers les bâtiments de l'hôtel de Cluny dans la cour d'honneur.

En sortant du musée de Cluny, nous avons devant nous la Sorbonne et, un peu à gauche, le collége de France.

IX

LA SORBONNE.

La Sorbonne était originairement un collége fondé par Robert de *Sorbon*, pour enseigner et

1. La *Revue archéologique*, année 1852, p. 581, a donné le dessin de cette pierre sur laquelle est représenté le chevalier dans son costume militaire de l'époque.

2. M. Troche a publié dans la *Revue archéologique*, année 1847, une notice intéressante sur l'église Saint-Benoît, où sont indiquées les transformations de ce monument jusqu'à l'époque de sa démolition pour l'ouverture de la rue des Écoles.

porter à leur plus haut point d'importance les études théologiques. Les bâtiments et l'église ont été reconstruits sous le ministère du cardinal de Richelieu, qui en était proviseur et dont le tombeau existe dans l'église.

C'est dans la Sorbonne que fut établie, en 1469, par les soins des docteurs de ce corps savant, environ trente ans après l'invention de l'imprimerie, la première presse qui ait fonctionné en France, sous la direction de Ulric Géring, Martin Krantz et Michel Friburger, typographes allemands ; mais cette invention si heureuse ne jouit pas longtemps en France de l'admiration qu'elle avait excité, car, en 1535, les écrits répréhensibles que produisirent les dissensions religieuses de l'époque obligèrent le roi François Ier à rendre des lettres patentes portant abolition de l'imprimerie, et *défense de toute impression de livres dans le royaume, sous peine de la hart*[1]. Cette extravagance ne se soutint pas longtemps ; de nouvelles lettres patentes révoquèrent les premières, et, pour mettre un frein à ces écrits, le roi établit une censure de tous les livres qui seraient imprimés à l'avenir. Douze membres du Parlement furent chargés de cette fonction.

Le collége de Sorbonne a été supprimé en 1790 ;

1. *Histoire de France*, par Pigault-Lebrun, t. VII, p. 163.

c'est aujourd'hui le chef-lieu de l'académie univer-
sitaire de Paris. Ses vastes bâtiments contiennent
plusieurs amphithéâtres affectés aux facultés de
théologie, des lettres et des sciences. Les cours sont
gratuits et très-suivis par un public nombreux,
composé principalement de la jeunesse des écoles.
Une riche bibliothèque existe dans les étages supérieurs, où elle a été établie en 1825, et, depuis
1845, elle est ouverte tous les jours non fériés;
cette bibliothèque est remarquable par sa bonne
tenue et par le choix des ouvrages classiques, de
sciences, d'histoire et de philosophie dont elle s'enrichit tous les jours.

X

LE COLLÉGE DE FRANCE.

Le Collége de France, fondé par François Ier en
1529, n'eut d'abord que des chaires de langues,
grec, hébreu, latin, d'où le nom de *Collége des trois
langues* sous lequel il était désigné originairement;
on y ajouta successivement l'enseignement des
sciences, de la médecine, de la chimie, de l'astronomie, de la physique, du droit de la nature et des
gens, de l'histoire, de l'archéologie, de la littérature,
des langues française et étrangères, anciennes et

modernes ; enfin de tout ce qui peut servir au développement des connaissances qui honorent l'esprit humain. Comme à la Sorbonne, les cours sont publics et gratuits.

Il existe dans cet établissement une bibliothèque que Letronne, directeur du collége, avait eu l'idée de rendre publique ; mais la mort de ce savant si regretté a été aussi funeste à la science qu'aux établissements qu'il administrait avec tant de zèle et une si haute intelligence des besoins du public. La bibliothèque du collége de France n'a pas encore de salle pour recevoir les travailleurs.

XI

COMMANDERIE DE SAINT-JEAN DE LATRAN.

En face du Collége de France existait la commanderie de Saint-Jean de Latran. Supprimée en 1790, les nombreuses constructions renfermées dans son enclos, qui occupait tout le terrain compris entre le collége de France et le boulevard Saint-Germain, furent vendues par lots et continuèrent d'être peuplées d'une quantité considérable d'artisans jusqu'en 1854, qu'eut lieu leur démolition pour le percement de la rue des Écoles et de la rue Thénard.

Près de la porte d'entrée on remarquait une tour de forme rectangulaire allongée, composée de trois étages, engagée dans des constructions modernes qui ne laissaient apercevoir que la façade sur la-

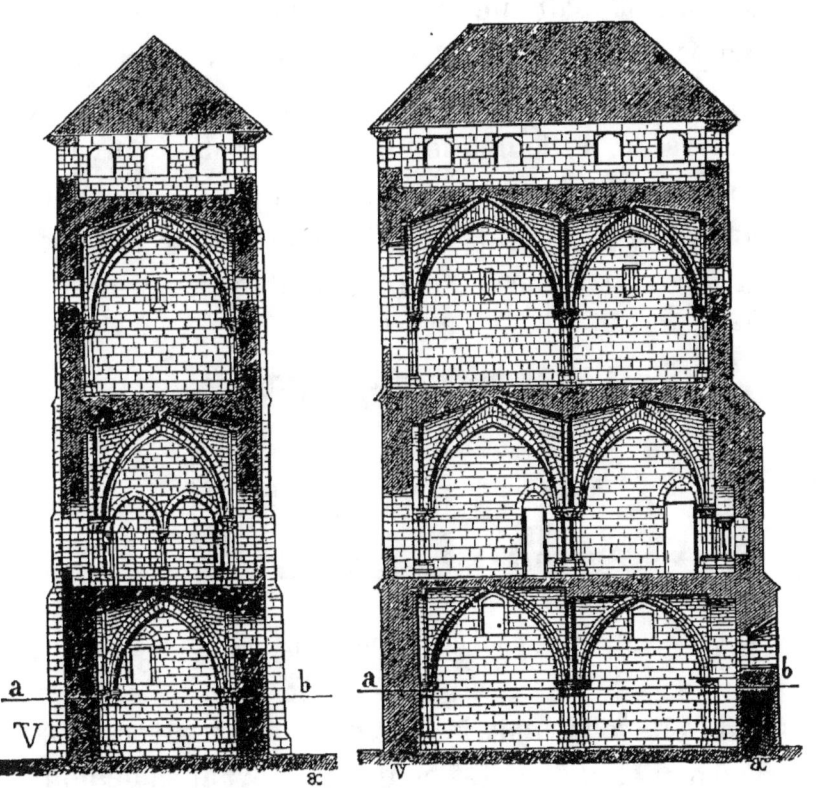

Tour Bichat. Coupes dans la largeur et la profondeur.

quelle existait une plaque de marbre noir portant l'inscription : *Tour Bichat*. C'est dans cette tour qu'on hébergeait les pèlerins à leur passage à Paris, allant ou venant de la Terre sainte, et c'est dans la salle du premier étage, qui a dû être la salle du chapitre des chevaliers, qu'en 1797, le célèbre chirurgien et physiologiste, dont la tour a pris le nom, avait établi son amphithéâtre, où il fit les cours publics d'anatomie qui lui attirèrent, en même temps que ses immortelles publications, une réputation européenne.

Lors de la démolition de l'enclos de Saint-Jean de Latran, on avait eu un moment le projet de conserver cette tour, dont le style architectural, de la fin du xiie siècle, était d'une extrême pureté;

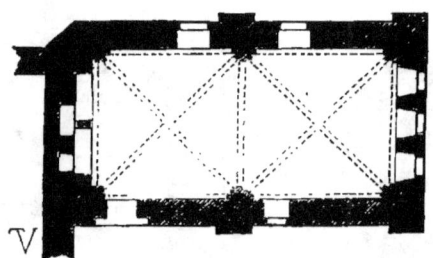

Plan de la tour Bichat.

mais elle obstruait la voie et n'a pu trouver grâce devant l'alignement. Peu de jours avant sa démolition, nous avons pu faire relever le plan et dessiner la coupe de ce monument intéressant que nous joignons à cette notice [1]. La salle du rez-de-

1. Ce dessin a été fait par M. Th. Vacquer, architecte qui s'est particulièrement occupé de recueillir, dans les travaux exécutés dans Paris, tous les renseignements et dessins relatifs à l'histoire

chaussée, enterrée jusqu'au niveau du tailloir des chapiteaux (*a b*), servait en ce moment de magasin à un charbonnier.

XII

LE PANTHÉON.

Du Collége de France, nous nous dirigerons vers le Panthéon, qui en est peu éloigné. Ce monument a bien des fois changé de destination depuis l'origine de sa construction exécutée sur les dessins de Soufflot. Commencé en 1764 pour remplacer l'ancienne église de Sainte-Geneviève, dont il ne subsiste plus que la tour enclavée dans les bâtiments

de la ville depuis son origine. Ces nombreux matériaux, s'ils étaient publiés, permettraient de rectifier bien des erreurs graves publiées sur Paris et ses monuments, et qui ont été reproduites par tous les écrivains qui se sont occupés de l'histoire de cette ville. En voici un exemple : Lors du nivellement du parvis de Notre-Dame, on mit au jour des constructions romaines, affleurant le pavé, qui fournirent la preuve évidente que le prétendu perron de treize marches qui, selon quelques historiens, donnait jadis accès à la cathédrale, n'avait jamais existé. M. Vacquer, chargé par l'administration de suivre ces travaux, a relevé le plan et exécuté les dessins de ces ruines romaines et a le premier constaté ce fait intéressant dans la *Revue archéologique*, année 1847, pages 566, 647. Par suite, MM. les architectes, chargés de la restauration de la cathédrale, ont été obligés de renoncer au projet qu'ils avaient arrêté de rétablir ces marches.

du lycée Napoléon ou collége Henri IV [1], cet édifice, qui venait d'être terminé, fut, par un décret
de 1791, destiné à recevoir les restes mortels des
grands hommes de la France et on le nomma le
Panthéon. A. Quatremère fut chargé d'opérer les
changements que nécessitaient cette nouvelle destination; les ornements religieux furent remplacés
par les symboles de la Liberté ; sur la frise on plaça
cette belle inscription composée par Pastoret : Aux
GRANDS HOMMES LA PATRIE RECONNAISSANTE; en 1806,
un nouveau décret lui rend son premier nom de
Sainte-Geneviève, et le destine à la sépulture des
grands dignitaires et des citoyens qui auront rendus d'éminents services à la patrie. En 1823, cet
édifice fut rendu au culte et le signe de la Rédemp-
tion reprit sa place dans le fronton ; l'inscription
de la frise fut remplacée par celle-ci : *D. O. M. Sub.
invocat. S. Genovafæ. Lud.* XV *consecravit.* LUD. XVIII
restituit. En 1830, les missionnaires qui desser-
vaient cette église furent supprimés, et on replaça
sur la frise la première inscription qui subsiste
encore, quoique le culte soit rétabli depuis 1848,
ainsi que les reliques de sainte Geneviève sous la
garde des genovéfains, religieux qui se destinent à
la prédication; le fronton sculpté par David a été

1. Voir le plan de l'ancienne abbaye de Sainte-Geneviève dans
l'importante publication de M. A. Lenoir, intitulée : *Architecture
monastique,* 2 vol. in-4°, Paris 1852-56.

également maintenu. Les restes mortels de Descartes, Voltaire, Rousseau, du maréchal Lannes et de plusieurs autres personnages reposent dans les caveaux ; ceux de Mirabeau et de Marat n'y ont séjourné que peu de temps.

XIII

ÉCOLE DE DROIT.

Près du Panthéon, on remarque l'École de droit dont les bâtiments ont été construits par Soufflot en 1771, et où l'école s'installa en 1772 en quittant le local qu'elle occupait depuis plusieurs siècles, rue Saint-Jean-de-Beauvais.

XIV

BIBLIOTHÈQUE SAINTE-GENEVIÈVE.

Près de là existe la bibliothèque de Sainte-Geneviève, ainsi nommée de l'abbaye de ce nom à laquelle elle appartenait et dont elle occupait toute la partie supérieure des bâtiments réguliers. Lors de la suppression de l'abbaye, en 1790, la bibliothèque devint propriété de l'État et fut rendue publique, dans le même local qu'elle occupait, sous le nom de bibliothèque du Panthéon, qu'elle conserva jusqu'en 1815. Le lycée Napoléon, qui était en possession de la presque totalité des bâtiments de l'abbaye, se trouvant à l'étroit, M. Labrouste, architecte, fut chargé de construire, pour y transporter la bibliothèque, l'édifice qu'elle occupe depuis 1850, sur l'emplacement de l'ancien collége de Montaigu, qui avait été transformé en prison militaire, de 1792 à 1836 [1].

On pénètre dans le bâtiment de la bibliothèque par une porte à deux battants en bronze d'un travail fort simple, mais d'une exécution remarquable. Au fond du vestibule, orné des bustes des plus célèbres philosophes français, est un bel escalier en pierre à double rampe qui conduit à la grande salle de lecture. Cet escalier est magnifiquement orné ; on y remarque une copie de l'école d'Athènes de Raphaël exécutée par M. Balze, puis quatre grands médaillons peints, dont le premier, en suivant la rampe de gauche, représente la Poésie, en face est la Théologie ; le premier médaillon, en suivant la rampe de droite, représente la Philosophie, en face est la Justice.

La bibliothèque Sainte-Geneviève est, jusqu'à

---

1. Dans son recueil d'*Eaux fortes sur Paris*, M. Meryon a donné une vue d'une partie des bâtiments de l'ancien collége de Montaigu.

présent, la seule des grandes bibliothèques de Paris qui occupe un local construit exprès pour cet usage ; aussi, la salle de lecture, au premier étage, est-elle la plus belle et la plus vaste des bibliothèques de Paris, car elle peut donner place à 400 personnes assises. On remarque, entre les deux portes d'entrée de cette salle, une jolie tapisserie des Gobelins offrant un sujet allégorique très-ingénieusement composé pour ce lieu : c'est l'*Étude* représentée par une belle jeune femme lisant, surprise par la Nuit sous la forme d'une petite figure ailée qui éteint son flambeau et tire un rideau ; à l'opposé apparaît le Jour également sous les traits d'une petite figure ailée tenant à la main un flambeau allumé.

Les salles du rez-de-chaussée, ornées de bustes de savants français et d'abbés de Sainte-Geneviève, sont occupées par les livres de théologie, les collections de manuscrits, d'estampes et de curiosités parmi lesquelles on remarque le plan en relief de Rome, exécuté par Grimani en 1776 ; le masque en stuc de Henri IV, une des quatre épreuves moulées sur l'original lors de la violation des tombeaux de l'abbaye de Saint-Denis ; une série de portraits des rois de France au pastel, sauvés de l'incendie de la Sainte-Chapelle dans le siècle dernier ; la tête de Cartouche dont le squelette, conservé au Muséum d'histoire naturelle, est complété par une tête en

cire. On voit aussi dans ces salles, l'arbre généalo-
gique de J.-C. remontant à Adam, travail remarquable et qu'on ne trouve nulle part ailleurs ; le
modèle d'une corvette construite pour une expédition dans l'Inde en 1767, et dont l'abbaye de
Sainte-Geneviève fit en grande partie les frais, ce
qui explique la présence dans ces salles de plusieurs objets rapportés de ces pays lointains par les
missionnaires qui firent partie de l'expédition.
Louis d'Orléans, fils du régent, s'étant donné tout
entier à la dévotion, se retira, en 1730, à l'abbaye
de Sainte-Geneviève qu'il enrichit par ses libérali-
tés et où il mourut en 1752. Protecteur des savants
dont il encourageait les travaux, ce prince avait
formé un magnifique cabinet d'histoire naturelle
dont la Bibliothèque possède encore quelques
pièces, et un riche médailler qui a été dispersé à
l'époque de la révolution de 1789 ; il n'existe plus
que le meuble qui le renfermait et qui est recouvert
d'un marbre factice dans lequel sont incrustées les
armoiries de la famille d'Orléans.

La bibliothèque Sainte-Geneviève possède environ 5000 manuscrits, 150 000 ouvrages imprimés,
parmi lesquels sont un grand nombre de raretés, et
une collection importante de journaux et recueils
littéraires des xviie et xviiie siècles. Elle est ouverte
au public tous les jours non fériés. Depuis 1838, il
y existe des séances du soir de 6 heures à 10 heures.

Cette bibliothèque est particulièrement fréquentée par les élèves des Écoles de droit et de médecine ; aussi, les acquisitions nouvelles portent spécialement sur le genre d'ouvrages nécessaires à ces études.

XV

ÉCOLES GRATUITES DE DESSIN.

Non loin du Collége de France, vers lequel nous reviendrons, est la rue de l'École de Médecine dans laquelle existe, au numéro 5, l'École gratuite de dessin, fondée, en 1767, en faveur des ouvriers de la ville de Paris par Bachelier, de l'Académie de peinture et de sculpture. Elle fut d'abord établie dans les bâtiments du collége d'Autun qui était place Saint-André des Arts, et plus tard transférée où elle est aujourd'hui dans le local qu'occupait autrefois la Faculté de médecine. On y enseigne la géométrie pratique, le toisé, la coupe des pierres, l'architecture civile, le dessin de la figure humaine et des animaux, des fleurs et l'ornement. Une école semblable pour les demoiselles existe près de là, rue Dupuytren, numéro 7 ; on y enseigne le dessin de la figure, de l'ornement, du paysage et des fleurs.

XVI

MUSÉE DUPUYTREN.

Au numéro 15 de la rue de l'École-de-Médecine, existe le musée Dupuytren dont la fondation est due à la libéralité du chirurgien célèbre dont il porte le nom. C'est dans ce musée, installé dans le réfectoire de l'ancien couvent des Cordeliers, que l'on peut voir représentés, avec une perfection rigoureuse tous les maux qui affligent l'humanité. Au numéro 14 est l'École de médecine.

XVII

ÉCOLE DE MÉDECINE.

Ce monument, d'un style tout classique, a été construit sous le règne de Louis XVI, de 1774 à 1776. Il est composé de quatre corps de bâtiments ; celui du fond, décoré d'un péristyle de six colonnes, couronné d'un fronton, contient un amphithéâtre, éclairé par le haut, et où 1200 élèves peuvent se réunir. Dans les deux ailes, sont placées les diverses

salles de démonstrations, les bureaux de l'administration ainsi que la bibliothèque, et, au premier
étage, située sur la rue, est une galerie contenant
un grand et riche cabinet d'anatomie humaine et
d'anatomie comparée.

Au-dessus de la porte d'entrée est un bas-relief,
sculpté par Berruer, représentant, sous des figures
allégoriques, le Gouvernement, accompagné de la
Sagesse et de la Bienfaisance, protégeant l'art de la
chirurgie, et le Génie des arts déployant le plan de
cette école. Le péristyle de l'amphithéâtre est décoré de médaillons sculptés offrant les portraits de
célèbres chirurgiens français ; le fronton de ce
péristyle représente les figures allégoriques de la
Théorie et de la Pratique se donnant la main. L'intérieur de l'amphithéâtre est décoré de trois grandes
fresques de Gibelin représentant, l'une, Louis XVI
accueillant son premier chirurgien, La Martinière,
et plusieurs autres académiciens et élèves, avec
cette inscription : *La munificence du monarque hâte
leurs progrès, et récompense leur zèle ;* l'autre sujet est
Esculape enseignant les principes de la médecine et
de la chirurgie, avec cette inscription : *Ils tiennent
des Dieux les principes qu'ils nous ont transmis ;* le
troisième sujet représente une scène guerrière, où
l'on voit des blessés secourus par des chirurgiens,
au-dessous on lit cette inscription : *Ils étanchent le
sang consacré à la défense de la patrie.*

La bibliothèque, formée de livres de l'ancienne Faculté, de la Société royale de médecine, de l'Académie royale de chirurgie, de l'École de chirurgie et d'acquisitions nouvelles, possède plus de 50 000 volumes. Outre les ouvrages relatifs à la médecine, à la chirurgie et à l'histoire naturelle, on y trouve des livres de littérature et des manuscrits précieux d'anciens médecins et de l'ancienne Faculté. Cette bibliothèque est plus particulièrement réservée aux étudiants et aux médecins.

XVIII

HÔPITAL DE LA CLINIQUE.

Vis-à-vis l'École de médecine se trouve l'hôpital de la Clinique, particulièrement consacré aux traitements chirurgicaux, aux cas imprévus et rares. Tous les hôpitaux de Paris sont consacrés à l'éducation des élèves en médecine; c'est là que l'application suit la doctrine, que l'expérience vient à l'appui de la théorie. L'élève conduit dans les hôpitaux interroge le malade sous les yeux du maître et s'accoutume à le comprendre. Il assiste à l'origine des diverses infirmités qui affligent l'espèce humaine; il observe les progrès du mal et apprend à prévoir l'heureuse ou la mauvaise issue des crises définitives. Il compare les leçons qu'il a reçues à l'école et celles qu'il reçoit au lit du malade; son œil s'exerce, son jugement se forme, ses idées se fixent, et il devient un médecin célèbre.

Les bâtiments de la Clinique ont été entièrement reconstruits en 1834; le péristyle qui forme l'entrée était, avant cette époque, une fontaine monumentale dont l'eau jaillissait en nappe du haut de l'édifice et tombait dans un vaste bassin remplacé aujourd'hui par un perron qui donne accès à l'entrée de l'hôpital.

De la place de l'École-de-Médecine, en montant les degrés de la rue Antoine Dubois, nous nous dirigeons vers le théâtre de l'Odéon, derrière lequel se trouve le palais du Luxembourg, avec son superbe jardin.

XIX

THÉÂTRE DE L'ODÉON.

Le théâtre de l'Odéon, soit dit en passant, est un des plus intéressants de la capitale. Sa salle, l'une des plus vastes et des mieux ordonnées, est surtout fréquentée par la jeunesse des écoles; c'est là que se sont formés bien des auteurs et des artistes dramatiques devenus célèbres. Plusieurs pièces du ré-

pertoire moderne du Théâtre-Français ont reçu du
public de l'Odéon leur premier gage de succès.

XX

PALAIS DU LUXEMBOURG.

Le palais du Luxembourg, qui sert aujourd'hui
aux assemblées du Sénat, a été construit de 1615 à
1620, par Jacques Debrosses, pour la reine Marie
de Médicis, sur l'emplacement de l'hôtel du duc de
Pinei-Luxembourg. Il a successivement servi de résidence à plusieurs princes français jusqu'à l'époque
de la révolution, puis le directoire exécutif s'y installa en 1795. En 1799, le sénat y fut établi, et,
sous la restauration et le règne de Louis-Philippe,
il fut remplacé par la Chambre des pairs.

Il existe dans la galerie est du palais une collection de peintures et de sculptures d'artistes vivants,
ouverte au public tous les jours excepté le lundi. Ces
ouvrages, acquis par le gouvernement, sont, à la
mort de leurs auteurs, transportés dans la galerie
du Louvre.

Une riche bibliothèque est établie dans la galerie
méridionale, et de plein pied avec la salle des séances du Sénat, dont elle n'est séparée que par un
couloir circulaire. Outre un bon choix d'ouvrages

de littérature, de sciences et d'art, on y trouve plusieurs curiosités bibliographiques d'un grand intérêt: mais le public n'est pas admis à travailler dans cette bibliothèque. Parmi les peintures qui décorent le plafond, on doit mettre au premier rang celle de la coupole, exécutée par M. Delacroix, dont le sujet est l'Élysée des grands hommes décrit par le Dante au IVe chant de l'Enfer. Dans cette œuvre importante, comme dans celles que M. Delacroix a exécutées dans la bibliothèque du Corps législatif et dans la galerie d'Apollon au Louvre, on retrouve les qualités qui distinguent le talent de ce peintre célèbre, et les défauts que s'exagèrent un peu trop les classiques, dont la critique à son égard n'est pas toujours très-courtoise.

Le jardin du palais, par sa belle disposition, peut être considéré comme l'un des plus beaux de l'Europe. Il était autrefois entièrement décoré de statues, pour la plupart imitées de l'antique; en 1846, on a eu la fâcheuse idée de substituer à celles qui décoraient les deux terrasses, d'autres statues colossales représentant des femmes célèbres de France, dont l'exécution laisse beaucoup à désirer et qui sont d'un style qui se prête peu à la décoration d'un vaste jardin. Les sujets mythologiques ont toujours été recherchés pour ces sortes d'embellissements. Ils sont d'autant plus appropriés à l'ornement des parcs et des jardins, que les personnages qu'ils représentent étaient censés vivre continuellement au milieu des plaines et des bois, dans un état idéal qui ne saurait être attribué à des reines ou à des femmes célèbres appartenant à la réalité. Les sujets mythologiques semblent être identifiés aux arbres et aux fleurs pour égayer la vue. En effet, quoi de plus grâcieux et de plus agréable pour ce genre de décoration qu'une représentation de Flore, de Cérès, de Diane, de Bacchus, d'Apollon, des Muses, des figures allégoriques du Temps et des Saisons, qui peuvent, en charmant les regards, servir également à l'instruction. Une des statues qui décorent ce jardin et que l'on rencontre en parcourant les allées tortueuses de l'ancien clos des Chartreux, aujourd'hui la Pépinière, attire à double titre l'attention. Cette sculpture, d'un très-bon goût, exécutée en 1839 par M. Maindron, nous représente Velléda, archidruidesse gauloise, que nos traditions nationales nous font connaître comme une femme extraordinaire. L'artiste s'est inspiré des Martyrs de Châteaubriand, où notre grand écrivain a dépeint Velléda, l'une de ses plus belles créations.

Le jardin du Luxembourg a été agrandi, depuis 1812, de tout le terrain du couvent des Chartreux, sur lequel on a tracé l'avenue de l'Observatoire, ainsi nommée parce qu'elle conduit directement à cet établissement. En 1845, le jardin du Luxembourg fut encore agrandi de tout l'emplacement du couvent et dépendances de l'ancien monastère des Filles du Calvaire, qui était situé rue de Vaugirard[1].

Portail de la chapelle des Filles du Calvaire.

La Chapelle, dont nous donnons ici le dessin du

1. Voir la notice de M. Troche dans la *Revue archéologique*, année 1846, p. 520; 1848, p. 61.

portail qui existait en face de la rue Servandoni, a été démolie en 1848, et le cloître, situé derrière la chapelle, recouvert d'un vitrage, est aujourd'hui un charmant jardin d'hiver dont jouit M. le président du Sénat.

Travée du cloître des Filles du Calvaire.

XXI

ÉCOLE DES MINES.

En traversant le jardin du Luxembourg, on aperçoit, à gauche avant d'entrer dans l'avenue de
l'Observatoire, les bâtiments de l'École des mines,
qui a son entrée dans la rue d'Enfer au numéro 34.
Cette école a été créée en 1783 pour former des
ingénieurs parmi lesquels se recrute le corps impérial des mines et pour répandre dans le public la
connaissance des sciences et des arts relatifs à l'industrie minérale. Elle forme des praticiens dans cet
art, réunit et classe les matériaux nécessaires à la
statistique minéralogique de la France et de ses
colonies, afin de procurer à la nation tous les avantages qu'elle peut retirer de son sol. Cet établissement possède une bibliothèque et un riche cabinet
de minéralogie ouverts au public les mardis, jeudis
et samedis; les autres jours de la semaine, excepté
le dimanche, sont réservés aux étudiants. Les études
sont gratuites et durent trois ans. Les essais de
substances minérales adressées à l'école sont faits
gratuitement.

On vient de faire de grands changements aux bâtiments de cet établissement pour les mettre au niveau et à l'alignement du boulevard de Sébastopol qui absorbe toute cette partie de la rue d'Enfer dont le sol a été abaissé en cet endroit d'environ quatre mètres.

XXII

OBSERVATOIRE.

L'Observatoire de Paris, d'une architecture fort simple et sans aucun ornement, a la forme d'un rectangle dont les quatre faces, d'une orientation rigoureusement exacte, correspondent aux quatre points cardinaux; la ligne méridienne passe au milieu du monument, elle est tracée sur les dalles de la principale salle du deuxième étage, et s'étend, au nord, jusqu'à Dunkerque; au sud, jusqu'à Collioure, dans les Pyrénées-Orientales.

Cet édifice a été élevé de 1667 à 1672, par Claude Perrault, qui n'a employé ni bois ni fer dans sa construction. Deux tours octogones sont engagées dans les angles de la façade méridionale, et un avant-corps, couronné par un fronton, forme sujet du milieu sur la façade septentrionale où se trouve la porte d'entrée. La hauteur totale de l'édifice est de 27 mètres divisés en deux étages surmontés d'une terrasse à laquelle on monte par un escalier en limaçon, qui laisse un vide à la place du noyau ; cet escalier se prolonge à une profondeur égale de 27 mètres dans des souterrains extrêmement vastes où se font les expériences sur la chaleur des corps. C'est à l'aide de l'espèce de puits formé par le vide de l'escalier qu'ont été observés les différents degrés d'accélération dans la descente des corps.

En 1834, sous la direction du célèbre astronome Arago, on a ajouté à cet édifice deux basses ailes accessoires ; l'une à l'est, pour les observations ; l'autre à l'ouest, pour les cours publics qui étaient très-suivis de son temps à cause de son talent particulier pour mettre la science de l'astronomie, dont il était le grand maître, à la portée de tout le monde. Il fit aussi construire, sur la terrasse de la tour orientale, un dôme rotatif en cuivre de 13 mètres de diamètre, pour les observations astronomiques. La grande salle du second étage, qui a presque été entièrement reconstruite en 1789, ainsi que la voûte qui la couvre, contient plusieurs instruments de physique et d'astronomie.

L'Observatoire de Paris est en communication, au moyen d'un télégraphe électrique, avec les principaux observatoires de l'Europe ; c'est un des établissements de ce genre des mieux organisés et des plus riches par les instruments dont il est pourvu ; l'illustre Arago, qui tenait tant à populariser la science, en avait rendu l'accès facile au public ;

mais depuis sa mort, la nouvelle administration en a formellement interdit l'entrée aux visiteurs. Contentons nous donc en attendant mieux, de contempler cette belle partie de Paris, ces belles avenues qui viennent rayonner devant la grille de ce curieux monument, d'où la vue plane au-dessus de la grande ville jusqu'aux hauteurs de Montmartre, qu'on distingue au fond de ce tableau surprenant.

Lors des grands travaux d'embellissements exécutés en ce lieu, de 1811 à 1813, et lorsque l'Observatoire fut dégagé de tous les bâtiments qui le cachaient à la vue, on s'aperçut que, par le plus heureux hasard, son axe se trouvait exactement en rapport avec celui du palais du Luxembourg.

XXIII

CATACOMBES.

A l'extrémité de la rue Saint-Jacques et à l'angle du boulevard, près l'embarcadère du chemin de fer de Sceaux, se trouve l'entrée des Catacombes qui existent sous une grande partie des quartiers de la rive gauche de la Seine. Ces immenses galeries ténébreuses renferment deux collections fort curieuses qui y ont été formées par les soins de M. Héricart de Thury, ingénieur en chef des mines.

L'une présente des échantillons de toutes les espèces
de minéraux que renferme le sol où sont creusées
ces carrières; l'autre, une série de monstruosités
d'ostéologie humaine recueillie parmi les osse-
ments des anciens cimetières de Paris transportés
dans les catacombes[1]. Revenons vers le Luxembourg
pour retrouver l'Odéon.

XXIV

PONT-NEUF.

Descendant la rue de l'Odéon, nous arrivons, par
la rue Dauphine, au Pont-Neuf qui est à peu près
le point central de Paris. Ce pont, commencé sous
Henri III, d'après les dessins de Du Cerceau, fut terminé sous Henri IV, dont la statue équestre occupe le terre-plein d'où l'on contemple avec ravis-
sement les rives de la Seine parées de monuments.

A partir du Pont-Neuf, toute la rive gauche du
fleuve jusqu'aux boulevards des Invalides et du
Mont-Parnasse est ce qu'on appelle le faubourg
Saint-Germain. Ce vaste espace, qui était encore en
culture au xvie siècle, est une fraction de la sei-

1. *L'Hermite de la Chaussée d'Antin* (par de Jouy), t. II, p. 354,
contient le récit d'une visite aux catacombes et le détail des travaux qu'on y a exécutés.

gneurie de l'abbaye Saint-Germain-des-Prés. La partie qui avoisine la Seine était connue jadis sous le nom de Pré-aux-Clercs[1].

XXV

HÔTEL DES MONNAIES.

Le premier monument que l'on rencontre après le Pont-Neuf est l'hôtel des Monnaies de Paris, construit sur l'emplacement de l'hôtel de Conti, qui lui-même occupait une partie de l'emplacement de l'ancien hôtel de Nesle.

Cet édifice, remarquable par ses nobles proportions, a été commencé, en 1771, par l'architecte Antoine. Le principal corps de l'édifice, dont la façade se développe sur le quai Conti, renferme un magnifique vestibule, orné de colonnes doriques, qui donne accès à un vaste escalier, également orné de colonnes, qui communique au premier étage, où sont placées les collections de cet établissement, savoir : un riche cabinet de minéralogie et de mé-

1. *Revue archéologique*, année 1857, *Recherches historiques et topographiques sur les terrains de la paroisse de Saint-Sulpice*, etc., par A. Berty, p. 137 et suiv.; et année 1856, du même recueil, le plan des deux Prés-aux-Clercs, restitués d'après d'anciens documents, pl. 267, et le mémoire qui l'accompagne.

dailles ; la collection complète de tous les carrés et poinçons des médailles, jetons, etc., frappés en France depuis le règne de Charles VIII jusqu'à nos jours. Toutes les médailles exécutées pour le compte de particuliers, de sociétés ou d'administrations, ne peuvent être frappées qu'à l'hôtel des Monnaies qui en conserve les coins. Les salles d'exposition sont ouvertes au public les mardis et vendredis.

Au fond de la grande cour est située la salle du monayage, et, du côté de la rue Guénégaud, sont les bureaux de garantie des matières d'or et d'argent, où tous les orfévres, bijoutiers, etc., sont tenus de présenter les objets de leur fabrication pour être contrôlés avant d'être livrés au commerce.

La marque des monnaies frappées à Paris est un A et une ancre avec un C entrelacés.

XXVI

PALAIS DE L'INSTITUT.

Après l'Hôtel des Monnaies est le Palais de l'Institut, originairement le collége des Quatre-Nations, fondé par Mazarin, dont il porta aussi le nom. Depuis 1806, une partie des bâtiments de ce collége est affectée aux séances des académies qui composent l'Institut de France ainsi qu'à sa bibliothèque, entièrement distincte de celle dite Mazarine, qui occupe une autre partie des bâtiments. Avant cette époque, les académies tenaient leurs séances dans une des salles du Louvre, qu'on désigne sous le nom de salle des Cariatides; plusieurs membres y avaient même leur logement, comme cela a lieu encore aujourd'hui dans le palais du quai Conti.

C'est sous le règne de Louis XIV, si remarquable par l'accroissement physique et intellectuel de la France, que les académies prirent naissance. Ces académies furent instituées en vue de faire progresser la littérature, les sciences et les arts du royaume; de répandre, selon les circonstances, de nouveaux rayons de lumière; de se communiquer leurs idées; de servir à maintenir l'amour des vertus par leur talent et leur attention à les célébrer.

Les anciennes académies ont été réorganisées par un décret du 5 fructidor an III de la république (22 août 1795), sous le titre d'Institut, divisé, par un autre décret du 3 brumaire an IV (25 octobre 1795), en trois classes, savoir : 1° sciences physiques et mathématiques; 2° sciences morales et politiques; 3° littérature et beaux-arts. Une nouvelle organisation eut lieu par un arrêté du premier consul du 3 pluviôse an XI de la république (23 janvier 1803), qui supprima la classe des sciences morales et politiques. Une ordonnance du roi, du

21 mars 1816, rétablit les quatre académies en conservant le titre général d'Institut composé ainsi : 1° l'Académie française, qui avait été fondée, en 1635, par le cardinal de Richelieu pour le perfectionnement de la langue et de la littérature française; elle est composée de 40 membres; 2° l'Académie des inscriptions et belles-lettres, fondée, en 1663, par Louis XIV, sous le ministère de Colbert; elle avait originairement pour objet la composition des inscriptions qui devaient perpétuer sur le marbre, le bronze et les médailles, les grands événements de l'époque, elle a depuis ajouté à cette attribution l'étude des monuments, des sciences morales et politiques, de la littérature et des arts de l'antiquité et du moyen âge; elle est composée de 40 membres; 3° l'Académie des beaux-arts, fondée en 1664, est également composée de 40 membres; mais divisée par sections, savoir : peinture, sculpture, gravure, architecture et musique; 4° l'Académie des sciences, fondée, en 1666, par Louis XIV, est composée de 65 membres divisés par sections, savoir : géométrie, mécanique, astronomie, géographie et navigation, physique générale, chimie, minéralogie, botanique, économie rurale, anatomie et zoologie, médecine et chirurgie.

L'Académie des sciences morales et politiques, fondée par le décret de 1795, supprimée sous le consulat, a été rétablie par Louis-Philippe en 1832.

Elle fut alors composée de 30 membres; une loi de 1855 a porté ce nombre à 40, divisés par sections, savoir : philosophie, morale, législation, économie politique, histoire générale et philosophique, politique, administration et finances.

Chacune de ces académies choisit parmi ses membres un secrétaire perpétuel, excepté l'Académie des beaux-arts, qui, le plus ordinairement, le choisit parmi les membres de l'Académie des inscriptions. Outre les membres titulaires, chacune de ces académies, excepté l'Académie française, a 10 membres libres, 10 associés étrangers et plusieurs correspondants régnicoles et étrangers.

Chaque membre de l'Institut jouit d'une indemnité de 1500 francs; cependant il est prélevé sur cette indemnité une somme de 300 francs pour former un fonds de droit de présence à répartir seulement entre les membres qui assistent aux séances de l'académie dont ils font partie. Les droits de présence des absents, quel que soit le motif de leur absence, profitent aux membres qui assistent à la séance. Pour constater cette assistance, chaque membre signe en entrant une liste de présence, qui est close et arrêtée par le secrétaire au moment de l'ouverture de la séance. Les membres libres n'ont d'autre indemnité que celle du droit de présence. Tout membre faisant partie de commissions chargées d'examiner ou de diriger des travaux de leur ressort a droit à une rétribution de 600 francs par an pour chacune des commissions.

Quelques membres de l'Institut font partie, cumulativement, de deux et même de trois académies ; c'est un droit qui empêche un plus grand nombre de personnes de faire partie de ce corps. Il est incontestable qu'un physicien, un médecin, etc., peut être un écrivain assez distingué pour bien tenir sa place à l'Académie française ; un écrivain distingué peut être également un habile économiste ou un érudit ; mais alors ces célébrités devraient choisir l'académie pour laquelle elles ont le plus de prédilection afin de ménager les places pour d'autres. Le droit de faire partie de plusieurs académies ne profite qu'à ceux qui en usent ; la science ne perdrait rien à ce qu'il fût supprimé, puisque chaque membre de l'Institut a la faculté d'assister aux séances de toutes les académies, d'y soumettre et y discuter ses idées, ses travaux devant chacune d'elles, suivant leur spécialité. C'est un des avantages essentiels de la réorganisation des académies en un seul corps.

Les nominations d'académiciens aux places vacantes sont faites par chacune des académies où les places viennent à vaquer ; les élections doivent être confirmées par le chef de l'État.

Depuis la réorganisation des académies, les règlements qui régissent l'Institut ont été peu modi-

fiés; le nombre des membres n'a pas sensiblement
varié, il est à peu près le même qu'à l'époque de
leur fondation, et ce nombre, restreint pour notre
temps, où le progrès des études s'est propagé dans
toutes les classes de la société, où les sciences, les
arts, la littérature sont cultivés, et avec succès, par
un plus grand nombre de personnes qu'au temps
jadis, devrait rendre plus facile le choix des personnes capables de bien remplir les places vacantes
dans chaque académie. Ces académies n'étant composées que de sommités scientifiques, littéraires et
artistiques arriveraient ainsi à parfaire leurs juge-
ments qui ont souvent donné prise à la critique.

Mais il est arrivé quelquefois que la position d'un
candidat a influé davantage dans le choix de l'académie que le véritable mérite, ce qui est cause que
des littérateurs, des savants et des artistes fort esti-
més et qui étaient très-dignes de faire partie de ce
corps, aimèrent mieux renoncer à cet honneur que
de subir les déceptions qu'ont eu à éprouver pendant bien des années beaucoup de membres sans
compter les candidats qui, après quelques tentatives, ne songèrent plus à recommencer l'expérience.
C'est là un mal inhérent aux corps qui se recrutent
eux-mêmes [1]; aussi de tout temps les académies

1. M. de Jouy, de l'Académie française, a fait le récit d'un jour
d'élection à l'Institut, dans son *Hermite de la Chaussée d'Antin*,
t. V, p. 138.

ont été composées de célébrités et de personnes qui
n'ont guère laissé de traces de leur passage en ce
monde. Des hommes remarquables, même des
grands hommes, n'y ont pas été admis : Molière,
Regnard, Lesage, Piron, Dancourt, Beaumarchais,
Courrier, Benjamin Constant, Berenger, Géricault,
Charlet, Decamps et d'autres encore parmi les savants et les artistes, dont on contemple toujours
les productions, n'ont pas été admis à faire partie
de ce corps ; et cependant, qu'on parcoure les listes
des membres qui composaient les académies de
leur temps, et on verra combien il y a d'immor-
tels bien morts et oubliés dont ils auraient assez
bien tenu la place [1].

On ne peut admettre raisonnablement que chacun des membres qui composent une académie soit
parfaitement en état, comme le faisait remarquer
Letronne, de se faire une opinion à soi sur le mérite des travaux de tous les candidats qui se pré-
sentent pour les places vacantes de membres ou de
correspondants [2] ; aussi, depuis plusieurs années,
on a introduit l'usage dans les diverses académies

1. En 1778, pour réparer l'injustice de leurs devanciers, les
membres de l'Académie française firent placer dans le lieu de
leurs séances le buste de Molière, avec cette inscription proposée
par Saurin : *Rien ne manque à sa gloire, il manquait à la nôtre.*
2. Projet de diviser en sections l'Académie des inscriptions et
belles-lettres, présenté à cette académie en 1829, par Letronne,
br. in-8°. Paris, 1834.

de procéder en séances secrètes, avant l'élection, à l'examen des travaux de chaque candidat. Cette modification, à quelques exceptions près, a rendu les élections plus sérieuses et a profité à l'illustration du corps entier.

Chacune des académies de l'Institut dispose de diverses sommes fournies par l'État ou provenant de legs considérables destinés à former des prix pour les concours annuels dans les questions et sujets scientifiques, littéraires ou artistiques qu'elles proposent pour être traités, suivant un programme, par toutes les personnes capables de prendre part à ces concours, sans distinction de nationalité.

Les séances hebdomadaires de l'Académie des sciences sont publiques. Quant à celles de l'Académie des inscriptions et belles-lettres, le public y est seulement toléré. Les séances des autres académies sont secrètes. La bibliothèque n'est pas publique ; cependant on peut être admis à y travailler sur la recommandation d'un membre de l'Institut.

XXVII

BIBLIOTHÈQUE MAZARINE.

La bibliothèque dite Mazarine, dont l'entrée est dans la première cour du palais de l'Institut, du côté du quai, est accessible à tout le monde. Cette bibliothèque est très-riche et fort bien disposée pour les travailleurs; elle est en partie formée de la fameuse bibliothèque du cardinal Mazarin, qui la légua, en 1661, au collége qu'il avait fondé, et où elle fut transportée de son hôtel, aujourd'hui occupé par la bibliothèque de la rue Richelieu, en 1688, en y réunissant celle de Jean de Cordes, chanoine de Limoges, et celle de Naudé, savant bibliographe et médecin de Louis XIII. Dès l'année 1644, le cardinal l'avait livrée au public, dans son hôtel, le jeudi de chaque semaine, pendant huit heures. Depuis l'année 1791, elle est devenue propriété nationale.

On remarque dans les salles de la bibliothèque Mazarine, parmi les différents objets d'art qu'elle possède, un globe terrestre construit pour Louis XVI par Bergerin, et une collection de monuments pélasgiques de l'Italie, de la Grèce et de l'Asie Mineure, exécutés en relief dans une proportion réduite, sous la direction de Petit-Radel, ancien administrateur de cette bibliothèque. L'origine de ces monuments, d'un appareil irrégulier, mais taillé et toujours assemblé sans ciment, est attribuée au peuple grec, anciennement connu dans l'histoire sous la dénomination de Pélasges et que l'on confond quelquefois dans la mythologie avec les Cyclopes, ce qui leur a fait attribuer les constructions cyclopéennes, assemblage d'énormes rochers bruts posés irrégulièrement les uns sur les autres sans ciment, et dont les interstices sont remplis par des pierres moins grosses. On trouve encore des vestiges de ces constructions en Grèce, en Italie, particulièrement en Sicile, dont les cyclopes sont regardés comme les premiers habitants[1].

Après l'Institut, nous rencontrons, sur le quai Malaquais, l'École des beaux-arts, dont l'entrée principale est rue Bonaparte.

XXVIII

ÉCOLE DES BEAUX-ARTS.

Cette École est construite sur l'emplacement du couvent des Petits-Augustins, dont il ne subsiste plus que l'église. Supprimé en 1790, ce couvent fut, par décrets des années 1791 et 1795, transformé, ainsi que le jardin, en Musée des monuments français pour y réunir les objets d'art échappés aux désordres inséparables des révolutions.

Malheureusement, pendant la tourmente révolutionnaire, une sorte de rage barbare s'était acharnée, sur tous les points de la France, après nos plus belles productions artistiques, et a causé un

1. Batissier, *Éléments d'archéologie.* In-12. Paris, 1843. p. 94.

dommage qu'on ne pourra jamais réparer. Ces excès étaient d'autant plus déplorables, que c'étaient des Français qui ruinaient leur propre patrie. Pendant cette trop longue période, les iconoclastes et quelques industriels trouvaient un prétexte plausible dans le décret de la Convention qui ordonnait l'anéantissement de tous les signes de l'ancienne féodalité et de la royauté, pour détruire ou soustraire les objets les plus précieux et les vendre aux amateurs étrangers. Les statues des rois et des personnages qui ont illustré la France furent brisées ou mutilées; les galeries de peinture, les bibliothèques et les collections de manuscrits les plus rares furent dépouillées de ce que les arts avaient produit de plus grand, de plus beau dans l'espace de plusieurs siècles, et ces dépouilles furent déchirées, brisées, brûlées ou vendues à vil prix!

C'est surtout depuis une soixantaine d'années, pendant lesquelles des hommes intelligents se sont occupés à rassembler les épaves de nos désastres, et que les études historiques ont pris en France un grand développement, qu'on a pu apprécier l'étendue des pertes irréparables de la nation et les profonds regrets que nous causent la disparition de tant d'objets précieux passés dans les collections étrangères[1].

1. M. Jules Labarte, dans l'introduction historique qui précède sa savante *Description de la collection Debruge-Duménil*, un vol.

Enfin, pour refréner cette calamité, le célèbre
conventionnel Grégoire fit, en 1794, plusieurs rapports contre la destruction des monuments des arts
et de l'histoire, destruction qu'il qualifia le premier
de *vandalisme*[1], et fit rendre plusieurs décrets pour
leur conservation. Le Musée des monuments français fut définitivement organisé en 1795. Alexandre
Lenoir, chargé de classer les monuments qu'on y
apportait de toutes parts, s'acquitta de ce travail
avec art et discernement. Dans plusieurs salles, dans
l'église du couvent, disposée alors pour cet usage,
et dans le jardin planté de cyprès, de pins et de
peupliers, il avait classé par siècles et dans un ordre
chronologique un millier de monuments, produit
de notre art national : la peinture, la sculpture,
l'architecture, les émaux, les vitraux y étaient

in-8° publié en 1847, rappelle avec quelques détails les noms
des premiers amateurs qui, en France, depuis le commencement
de ce siècle, ont formé des collections d'objets d'art. On trouve
aussi dans cette introduction des renseignements précieux sur la
sculpture, la peinture, la céramique, l'armurerie, les objets mo-
biliers civils et religieux, etc., du moyen âge.

1. Dès l'origine, on a réclamé en Allemagne contre cette dénomination. L'auteur des *Fragments sur Paris*, le docteur L. Meyer,
a inséré dans la traduction française de son ouvrage une rétrac-
tation de l'emploi de ce mot dans son édition originale, et il
l'accompagne d'une lettre qui lui fut adressée à ce sujet, le
20 juin 1797, par M. Schlœzer, professeur d'histoire à l'université
de Gottingue. Voir le t. II, p. 184, de la traduction des *Fragments sur Paris*, faite par le général Dumouriez, 2 vol. in-8°,
Hambourg, 1798.

présentés de manière à suivre le perfectionnement des arts en France ; aussi ce musée était-il très-fréquenté par le public qui vit, avec le plus grand regret, sa fermeture accomplie, par ordonnance du roi, en 1816, et la dispersion des monuments qui y étaient rassemblés, et dont la plupart furent reportés à leur première place ; les autres furent transportés au Père-Lachaise ou rendus aux familles qui les réclamaient[1]. Il ne subsiste plus de ce musée que quelques débris épars çà et là dans la cour, et deux façades du XVe et du XVIe siècle : celle du château d'Anet, servant de portail à l'ancienne église des religieux augustins, et celle du château de Gaillon qui sépare la cour en deux parties. Ces deux façades sont raccordées avec les nouveaux bâtiments de l'École des beaux-arts, dont la construction fut commencée en 1820, et qui ont successivement été élevés jusqu'en 1861, époque où fut terminée la partie limitée par le quai Malaquais.

Ces bâtiments contiennent une riche bibliothèque

---

1. On peut se faire une idée de l'importance de ce musée, en parcourant l'ouvrage publié par Alex. Lenoir de 1800 à 1822, sous le titre de *Musée des monuments français*, ou description historique et chronologique des statues, bas-reliefs, tombeaux, etc., pour servir à l'histoire de France et à celle de l'art, 8 vol. in-8° avec planches. Du même auteur, *Description historique et chronologique des monuments de sculpture réunis au musée des monuments français*, 1 vol. in-8°. Ce dernier ouvrage a eu plusieurs éditions pendant l'existence du Musée.

et des salles pour les concours et les études quoti-
diennes; des galeries pour les expositions annuelles
et permanentes des productions des élèves de l'École
et des collections que possède cet établissement, au
nombre desquelles sont la collection des plâtres
moulés sur les monuments grecs et romains de
différentes époques, et une collection de sceaux du
moyen âge moulés en plâtre. Une des galeries les
plus curieuses est celle où sont exposées les peintures qui ont remporté le grand prix au concours de chaque année, par les artistes envoyés à
Rome comme pensionnaires de l'État. Cette série,
bien qu'incomplète, est composée de 109 tableaux,
dont le plus ancien remonte à 1688 ; elle permet de
juger du progrès de la peinture en France jusqu'à
nos jours, abstraction faite des œuvres des artistes
qui ne suivent ni les principes ni les idées de cette
École, dont la plupart des professeurs sont membres
de l'Académie des beaux-arts. Il y a parmi ces tableaux quelques beaux premiers prix, et nous vou-
drions que la direction de l'École en fît une exposition plus convenable.

L'École des beaux-arts a été substituée aux corps
enseignant de l'ancienne académie de peinture et
de sculpture, et de celle d'architecture. Elle est
divisée en deux sections : l'une comprend la peinture et la sculpture, l'autre l'architecture. Les nationaux et étrangers, âgés de moins de trente ans,

sont admissibles comme élèves après avoir subi un examen. Dans la section de peinture, on enseigne, pendant deux heures tous les jours, le dessin d'après nature et d'après l'antique; les élèves suivent en outre des cours d'anatomie, de perspective et d'histoire, faits par des professeurs spéciaux. Dans la section d'architecture, on enseigne la théorie et l'histoire de l'art, les principes de la construction et les mathématiques appliquées à l'architecture.

XXIX

MUSÉE D'ARTILLERIE.

Dans ce même quartier et près de l'église de Saint-Thomas d'Aquin existe le Musée d'artillerie. Ce musée a été fondé en 1794 dans l'ancien couvent des Jacobins réformés pour y rassembler les armes rares et curieuses provenant de différentes personnes émigrées et de dépôts établis pendant la révolution.

Les conquêtes des armées françaises augmentèrent successivement cette collection d'armes remarquables, soit par la richesse de l'art, soit par leur importance historique. Plus tard, on y ajouta la série des armes modernes de tous genres et qui s'augmente chaque jour pour servir de renseignement à la direction générale des armes de guerre, dont le siége occupe une partie des bâtiments du couvent.

Depuis l'année 1825, le Musée d'artillerie a pris un accroissement considérable par de nombreuses acquisitions et par les nouvelles conquêtes faites à l'étranger, et aujourd'hui, il présente à l'étude des fabricants, des artistes et des historiens, la collection la plus riche, la plus curieuse des armes offensives et défensives de tous les peuples et de toutes les époques. La salle dite *des Armures* est une des plus intéressantes de l'établissement; elle renferme les anciennes armes défensives, telles que cottes de mailles, cuirasses, casques, boucliers, dont plusieurs sont d'un travail admirable et ont été portés par des personnages célèbres.

Ce musée est visible le jeudi, avec des billets délivrés par le directeur. Le catalogue descriptif se trouve dans l'établissement.

A l'extrémité du faubourg Saint-Germain est situé l'hôtel des Invalides.

XXX

HÔTEL DES INVALIDES.

C'est à Henri IV que revient l'honneur de la création de cette institution, qu'il installa, en 1597, dans les bâtiments de l'hôpital de la Charité chrétienne, rue de Lourcine. Ces bâtiments étant trop exigus, Louis XIII y ajouta le château de Bicêtre, en 1634. Louis XIV fit commencer, en 1670, le superbe hôtel que nous voyons aujourd'hui, construit sur les dessins de Libéral-Bruant, ainsi que l'église, qui ne fut achevée qu'en 1706, sous la conduite de Hardouin Mansart, qui fournit seul les dessins du dôme, dont la hauteur est de 105 mètres depuis le pavé jusqu'à l'extrémité de la flèche.

Ce vaste hôtel peut contenir 7 000 militaires pensionnaires de tous grades, logés, nourris, habillés et soignés aux frais de l'État. Le confortable et la propreté font honneur à l'administration de cet établissement si considérable; le service des cuisines, des réfectoires, des dortoirs, de l'infirmerie est exécuté avec un ordre parfait.

En entrant dans l'hôtel par l'Esplanade, on remarque d'abord un grand nombre de pièces d'artillerie de différentes nations, fruit de nos conquêtes; puis, devant la façade principale, aux angles des pavillons, les quatre figures en bronze faisant allusion aux nouvelles provinces conquises par Louis XIV, et qui décoraient les angles du piédestal de la statue pédestre de ce roi, érigée en 1686 sur la place des Victoires et renversée en 1792.

L'intérieur de l'église, qui renferme le tombeau de Napoléon Ier et ceux d'un grand nombre d'offi-

6

ciers supérieurs, est pavoisé de drapeaux qui rappellent les victoires de la France. Le nombre de ces trophées serait bien plus considérable si, en 1814, on n'en eût détruit par le feu pour ne pas les laisser reprendre par les armées d'invasion, et si, pendant une cérémonie funèbre, sous le règne de Louis-Philippe, un incendie qui se déclara dans l'église n'en eût brûlé la plus grande partie.

L'hôtel des Invalides possède une riche bibliothèque très-variée dont l'a dotée Napoléon Ier en 1804, et une galerie des plans en relief des principales places fortes de France et des travaux de siége, parmi lesquels on remarque ceux de Rome d'une perfection remarquable et qui donnent une idée si complète et si précise de ce grand fait d'armes.

Quittons la rive gauche de la Seine en franchissant le pont qui, de l'Esplanade des Invalides, nous mène au Palais de l'industrie, dans les Champs-Élysées.

ITINÉRAIRE.

RIVE DROITE.

———

XXXI

PALAIS DE L'INDUSTRIE.

La première exposition de l'industrie remonte à l'année 1798. A cette époque où la France commençait à se remettre des secousses de la révolution, un citoyen honorable, François de Neufchâteau, ministre de l'intérieur, conçut la noble idée de rassurer la patrie en exposant à ses yeux les trésors de toutes nos industries. Manufacturiers, artistes, savants s'empressèrent de seconder les vues patriotiques du ministre, et la plus heureuse émulation produisit les plus brillants résultats. Cette première exposition eut lieu dans de vastes galeries construites exprès dans le champ de Mars. Là, pour la première fois, les Français purent admirer le tableau de toutes leurs richesses industrielles. Ces expositions se répétèrent à divers intervalles, de deux à cinq ans, et dans différents locaux.

Le Palais de l'industrie a été construit aux Champs-Élysées pendant les années 1853-54 par une société particulière, et acquis par l'État pour servir aux diverses expositions nationales et universelles, afin d'éviter les frais énormes de constructions provisoires, comme cela avait lieu auparavant. Depuis que l'État est possesseur de cet édifice, c'est là qu'a lieu également l'exposition des œuvres de peinture, sculpture, architecture, dessin, gravure et lithographie des artistes vivants.

C'est à l'année 1648 que remonte la première exposition de peinture en France, et, après plusieurs années d'intervalle, elle se renouvela en 1699. Louis XIV accorda la galerie du Louvre pour les expositions. Elles continuèrent au xviiie siècle à des époques éloignées; mais, à partir de 1751, elles eurent lieu tous les deux ans jusqu'en 1791 qu'elles furent réorganisées, et ont continué depuis cette époque jusqu'à nos jours à peu près régulièrement tous les deux ans. La communauté des peintres, sculpteurs et graveurs de Paris, connue jadis sous le nom d'Académie de Saint-Luc, faisait au mois de juin de chaque année une exposition dans l'une des salles de l'Arsenal, ce qui eut lieu jusqu'en 1789[1].

1. Voyez l'article *Expositions des beaux-arts* dans le *Diction-*

Des Champs-Élysées, se dirigeant vers le palais des Tuileries, on arrive à la place de la Concorde.

XXXII

PLACE DE LA CONCORDE.

Cette place, qui a plusieurs fois changé de nom et qui a subi de grands changements depuis l'année 1834, a été originairement formée et construite de 1754 à 1763, sous la direction de l'architecte Gabriel, pour recevoir la statue équestre de Louis XV, qui n'était pas destinée à conserver longtemps sa place, car elle fut renversée en 1792 ; on y substitua la statue de la Liberté, devant laquelle furent sacrifiées de nombreuses victimes que les arrêts des tribunaux révolutionnaires envoyaient tous les jours à la mort, et parmi lesquelles furent le roi Louis XVI, sa femme, sa sœur, et tant d'autres personnes que leur courage, leur génie et même leur patriotisme ne purent faire trouver grâce devant ces juges farouches.

Sous la République, le Consulat, l'Empire et la Restauration, cette place, tout en changeant plu-

naire général des lettres, des beaux-arts, etc., par MM. Bachelet et Dezobry, in-8, première partie, page 866.

sieurs fois de nom, conserva le même aspect. Elle formait un parallélogramme dont les angles présentaient quatre pans coupés ayant chacun deux pavillons qui existent encore ; des fossés de 5 mètres de profondeur entourés de balustrades, qui l'encadraient, ont été comblés plus tard.

Ce n'est qu'à partir de l'année 1834 que la place de la Concorde fut presque entièrement métamorphosée par M. Hittorff, architecte, et qu'on disposa au centre les fondations d'un piédestal pour recevoir l'obélisque de Louqsor, présent du pacha d'Égypte à la France, qui y fut dressé en 1836. Les travaux d'embellissement se succédèrent jusqu'en 1840. C'est dans cet espace de temps que furent élevées les colonnes rostrales, les candelabres[1] et les deux bassins avec fontaines jaillissantes, dont l'une, consacrée à la navigation fluviale, présente les figures symboliques du Rhin et du Rhône adossées au piédouche qui supporte la grande vasque ; ces deux figures sont accompagnées de quatre autres figures emblématiques des différentes récoltes de la France ; l'autre fontaine, consacrée à la navigation maritime, présente les figures de l'Océan et de la Méditerranée, accompagnées de quatre figures

1. Dans le Dictionnaire de MM. Bachelet et Dezobry, cité cidessus, on trouve à l'article *Candélabre* une série de dessins des diverses formes et décorations des candélabres employés pour l'éclairage des rues, places et monuments de Paris.

emblématiques des différents genres de pêche. On restaura les huit pavillons qui formaient les entrées diagonales de la place, et on les surmonta de statues symboliques représentant les villes de Marseille, Lyon, Strasbourg, Lille, Bordeaux, Nantes, Brest et Rouen. Les fossés en jardin, entourés de balustrades, furent restaurés et les jardins mieux entretenus ; mais depuis 1848, ces fossés ont été comblés et on n'a conservé que le côté extérieur de la balustrade de chacun d'eux, afin de ne pas détruire entièrement l'harmonie de la place avec les parties conservées de la décoration primitive et les bâtiments de l'ancien Garde-meuble de la couronne, construits de chaque côté de la rue Royale, aujourd'hui occupés l'un par le ministère de la marine, l'autre par divers particuliers.

Du centre de cette place on contemple ces merveilles ravissantes, ces palais magnifiques, ces jardins majestueux avec leurs arbres centenaires qui en font des promenades extrêmement agréables.

XXXIII

ÉGLISE DE LA MADELEINE.

A l'extrémité de la rue Royale on aperçoit l'église de la Madeleine. La construction de cet édifice, commencé sous le règne de Louis XVI, fut interrompue par la révolution.

Après les campagnes de 1805 et 1806, Napoléon voulut consacrer le souvenir de ces campagnes par un monument qui rappelât à la postérité les triomphes de son armée. Ce monument, élevé en l'honneur de la grande armée, devait s'appeler le *Temple de la Gloire*. Les constructions de la Madeleine, qu'on avait eu d'abord dessein de terminer pour y établir la Bourse, reçurent cette nouvelle destination ; mais les événements politiques ne permirent pas d'exécuter jusqu'au bout ce projet, et cet édifice resta abandonné jusqu'au règne de Louis-Philippe, pendant lequel il fut terminé et rendu à sa première destination[1].

XXXIV

OBÉLISQUE DE LOUQSOR.

Avant de quitter la place de la Concorde pour nous diriger vers le palais des Tuileries et le Louvre, examinons le curieux monument qui se dresse au

---

1. On peut voir quels étaient les plans de Napoléon pour rendre cet édifice digne de la grandeur de son objet, dans le t. II, p. 96, de l'intéressante publication de M. Kermoysan, intitulé : *Napoléon : Recueil par ordre chronologique de ses lettres, proclamations, bulletins*, etc., 3 vol. in-12. Paris, 1853-57.

milieu. C'est l'un des deux obélisques qui étaient placés en avant de la porte d'entrée d'un des plus magnifiques et des plus vastes palais de Thèbes, où existe aujourd'hui le village de Louqsor.

Les obélisques égyptiens, bien que les plus simples parmi les monuments de l'architecture de ce peuple, n'en sont pas moins classés par les savants au nombre des plus intéressants que l'antiquité nous a transmis. Témoins imposants de la gloire et de la puissance des Pharaons qui les ont érigés, ces monuments nous révèlent l'état des arts et de la civilisation égyptienne à une époque où les peuples, disséminés au hasard sur divers points du globe, étaient plongés dans les ténèbres de la barbarie.

Ces sortes de pyramides monolithes, c'est-à-dire d'une seule pierre, sont des monuments historiques et sacrés que les Égyptiens élevaient par deux, à l'entrée des temples de leurs dieux, de la demeure ou des tombeaux des rois. Sur les parois de l'obélisque de Louqsor sont gravées du haut en bas, avec une précision, un fini et une pureté de dessin fort remarquables, des inscriptions hiéroglyphiques rappelant le nom du souverain qui avait élevé l'édifice, et celui du dieu auquel il était consacré, faits qui se passaient près de vingt siècles avant notre ère, alors que le plus ancien, le plus vénéré des livres, la Genèse, n'était pas écrit.

Des monuments auxquels on peut rattacher de

tels souvenirs méritaient donc par cela seul l'admiration des âges modernes, et l'on ne doit pas s'étonner que deux capitales, Rome et Paris, l'une jadis la plus puissante, l'autre aujourd'hui la plus éclairée du monde, soient venues disputer à la plus ancienne, la vieille Thèbes, la possession des précieux débris d'une splendeur éteinte. A nos yeux, cette possession doit avoir un nouveau prix, en ce qu'elle se rattache au souvenir glorieux de nos victoires dans l'antique patrie des Pharaons.

L'obélisque que nous possédons à Paris porte dans ses inscriptions dédicatoires les noms de deux Pharaons d'Égypte, Ramsès II et Ramsès III, des dynasties thébaines qui régnèrent du XIIIe au XVIIe siècle avant J. C. Un des disciples de Champollion, Nestor Lhôte, a donné des interprétations des inscriptions de ce monument dans un travail publié à l'époque de l'érection de cet obélisque.

Sur le piédestal monolithe de granit gris qui supporte ce monument, on a représenté, par des figures gravées en creux et dorées, les appareils imaginés par l'ingénieur Le Bas, chargé de ces difficiles opérations, pour abattre le monument, l'embarquer, puis l'ériger à Paris. Les inscriptions du piédestal qui accompagnent les dessins des appareils sont rédigées en français. Cet usage de rédiger nos

1. *Notice sur les obélisques égyptiens, et en particulier sur l'obélisque de Louqsor,* par Nestor Lhôte, in-8°, fig. Paris, 1836.

inscriptions monumentales en notre langue est plus généralement adopté depuis quelques années.

Les inscriptions sont très-souvent d'un grand secours comme documents historiques ; aussi plusieurs savants de l'Europe se sont-ils particulièrement occupés de recueillir toutes celles que les monuments des Grecs et des Romains ont transmis à la postérité, et que ces peuples élevaient en si grand nombre dans tous les pays soumis à leurs lois ; rédigées avec clarté et dans leurs langues, elles nous font savoir par quel souverain ou magistrat le monument avait été élevé, à quelle occasion et dans quelle année ; elles nous font aussi quelquefois connaître leurs coutumes administratives. La science du Droit romain a tiré des inscriptions une foule de textes, de formules avec leurs applications.

En France, on a depuis longtemps adopté l'usage de mettre des inscriptions sur certains monuments ; mais elles sont la plupart en latin, et le plus ordinairement complétement étrangères à la commémoration de leur fondation : aussi n'apprennent-elles rien. Ces inscriptions étaient jadis offertes, plutôt comme sujet de distraction aux savants et aux visiteurs étrangers auxquels la langue latine était plus familière, parce qu'elle était généralement adoptée par la magistrature[1] et par les savants de

1. C'est en 1539, sous le règne de François Ier, que l'usage du latin fut aboli dans les tribunaux.

l'Europe pour se communiquer leurs idées. Dans bien des circonstances, la langue française a remplacé la langue latine[1]; elle est aujourd'hui préférée aux autres langues dans les rapports diplomatiques des diverses puissances entre elles; elle est plus généralement parlée qu'autrefois dans tous les pays civilisés [2] : c'est pourquoi les étrangers, comme les nationaux, lisent préférablement nos inscriptions lorsqu'elles sont rédigées en français. De nos jours, l'usage des inscriptions est mieux entendu, et, bien qu'incomplètes, on place des inscriptions françaises

1. Voyez sur la formation et la propagation de la langue française le *Dictionnaire général des lettres, des beaux-arts et des sciences morales et politiques*, par MM. Bachelet et Dezobry, in-8, Paris, 1862, première partie, page 913. Ce Dictionnaire est indispensable aux personnes qui désirent avoir des notions précises sur tout ce qui se rapporte aux progrès de l'esprit humain. Les arts, les sciences et la littérature des divers peuples y sont le sujet d'articles particuliers.

2. Un de nos amis, observateur très-judicieux, nous disait qu'en visitant récemment les principales villes de l'Italie, il avait remarqué en parcourant les livres des hôtels sur lesquels s'inscrivent les voyageurs, que la proportion de ces voyageurs était de 1 Français sur 80 étrangers de diverses nations, et que les Anglais forment la plus grande partie de ce nombre. Eh bien, malgré cette disproportion, lorsqu'on veut être compris des maîtres de ces hôtels ou de leurs employés, si on ne peut s'expliquer en italien, c'est en français qu'il faut leur parler; les Anglais, quoiqu'en majorité, ne sont pas exempts de cette difficulté, et, bien qu'ils trouvent souvent des interprètes dans les hôtels et dans les établissements publics qu'ils visitent, ils sont encore plus souvent obligés de recourir à la langue française pour se faire comprendre, quelque difficulté qu'ils éprouvent à la parler.

sur nos monuments anciens qu'on restaure et sur les monuments nouveaux[1].

Espérons donc qu'à l'avenir la langue française sera seule employée pour les inscriptions de nos monuments. Cette idée n'est pas nouvelle; dès le XVIᵉ siècle, des réclamations se sont élevées de la part de savants et de littérateurs contre la préférence donnée en diverses occasions à la langue latine pour les inscriptions. C'était l'avis de Colbert et de Ch. Perrault, de l'Académie française, que les inscriptions fussent en français. On a objecté que la langue latine se prêtait mieux au style lapidaire, et qu'étant une langue morte, elle n'est plus exposée à s'altérer comme une langue vivante. Mais ce ne sont pas là des raisons suffisantes pour la préférer à la langue française, lorsqu'il s'agit de faire connaître à la génération présente, à celles à venir, ce qu'on veut leur apprendre par les inscriptions, qui doivent avant tout s'adresser aux nationaux, qui entendent tous le français mieux que le latin. Les Romains, dont nous recueillons avec intérêt les inscriptions, pensaient ainsi; ils ne les rédigeaient pas en grec. Et puis, la langue française est assez riche et assez précise pour exprimer suffisamment

---

1. A cette occasion, nous citerons un travail plein d'observations justes, qui a été publié par M. Ch. Dezobry, sous le titre : *De l'utilité et de la nécessité des inscriptions sur les monuments modernes*. Revue archéologique, 1854, p. 293 et suiv.

et noblement la pensée ; on en a des exemples dans plusieurs inscriptions modernes, et ce n'est que le pédantisme qui peut lui préférer la langue latine.

Nous ne nous étendrons pas davantage sur ce sujet ; le lecteur appréciera lui-même les ressources qu'offre notre langue lorsqu'on a su s'en servir pour composer des inscriptions. Celles de l'obélisque de Louqsor, du Panthéon, de la colonne de Juillet, de la nouvelle bibliothèque Sainte-Geneviève, des nouveaux bâtiments du Palais de Justice, inauguré en 1853, et celles récemment placées aux extrémités des ponts de Paris, qu'on aurait pu faire plus complètes, suffisent pour appuyer notre désir.

XXXV

PALAIS ET JARDIN DES TUILERIES.

Le magnifique jardin et le palais des Tuileries, résidence du chef de l'État, attirent nos regards.

Au XIVe siècle, il existait à cet endroit une maison appelée l'*hôtel des Tuileries*, à cause des fabriques de tuiles qui l'avoisinaient. Vers le commencement du XVIe siècle existait au même endroit, mais plus rapprochée de la Seine, une autre maison appartenant à Nicolas de Neuville de Villeroy. A cette époque, la duchesse d'Angoulême, mère de François Ier, se trouvant incommodée au palais des Tournelles, résidence royale de l'époque[1], et voulant changer d'air et d'habitation, vint demeurer dans la maison de M. de Neuville qu'elle préféra au château du Louvre qui avait alors plutôt l'aspect d'une forteresse que d'une habitation royale[2] ; elle y recouvra la santé, ce qui engagea le roi à en faire l'acquisition en 1518. En 1564, Charles IX, ayant ordonné la démolition du palais des Tournelles, Catherine de Médicis résolut aussitôt d'en faire construire un plus vaste et plus magnifique sur l'emplacement des hôtels des Tuileries et de Neuville. On en jeta les fondements dès la même année, et en peu de temps furent élevés, d'après les dessins de Philibert Delorme et de Jean Bullant, le gros pavillon du milieu, les deux corps de logis qui l'accompagnent et les deux pavillons qui viennent immédiatement après. Telle est l'origine du palais des Tuileries, qui fut successivement agrandi sous les règnes suivants[3]. Sous le règne de Louis-Philippe, ce palais a subi de notables changements extérieurs et dans la façade

1. *Dictionnaire historique des rues et des monuments de Paris*, déjà cité.

2. *Description historique et graphique du Louvre et des Tuileries*, par le comte de Clarac, 1 vol. in-8°, avec planches. Paris, 1853. Voir aussi la notice sur la grande et la petite galerie du Louvre, par A. Berty, dans son magnifique ouvrage intitulé : *la Renaissance monumentale en France*, in-4°. Paris, 1858.

3. *Dictionnaire historique des rues et des monuments de Paris*, au mot TUILERIES.

du côté du jardin; et, en 1862, sous le règne de Napoléon III, le pavillon méridional, qui menaçait ruine, a été démoli ainsi que la partie de la galerie du Louvre y attenant, jusqu'à la limite de la grille de la place du Carrousel, on les reconstruit en ce moment.

Depuis son origine jusqu'au règne de Louis XVI, le palais des Tuileries ne fut pas la demeure habituelle de nos rois, qui lui préférèrent le Louvre, puis les châteaux de Saint-Germain et de Versailles. Louis XVI vint s'y fixer au commencement de la révolution, puis, après sa mort, la Convention nationale y tint ses séances lorsqu'elle quitta la salle, dite du Manége, qui existait où est aujourd'hui la terrasse des Feuillants et la rue de Rivoli; ensuite ce palais servit à l'assemblée du Conseil des Anciens. C'est à partir du règne de Napoléon Ier que le palais des Tuileries devint la demeure habituelle du chef de l'État.

Le jardin était, dans son origine, mal distribué, moins étendu, et séparé du palais par une rue. En 1665, le Nôtre commença l'exécution du plan qu'il avait conçu pour le rendre digne de l'habitation royale dont il dépendait. Depuis, sans rien changer à la belle ordonnance de ce jardin, quelques modifications y ont été faites à diverses époques, notamment en 1796, et sous les règnes de Napoléon Ier, de Louis-Philippe et de Napoléon III; les statues qui le décorent et dont plusieurs sont d'une exécution remarquable, complètent admirablement sa décoration.

XXXVI

PALAIS DU LOUVRE.

Le palais du Louvre, aujourd'hui entièrement relié à celui des Tuileries par des constructions splendides, a remplacé de vieux édifices dont l'origine, comme celle de presque tous les monuments de l'ancien Paris, se perd dans l'obscurité de ses temps de barbarie. Ce qu'il y a de certain, c'est que le terrain qu'occupe ce palais était couvert d'une forêt qui existait encore en partie du temps de saint Louis, et qui, comme nous l'avons dit plus haut, se reliait à la forêt de Saint-Germain en Laye. Remplie d'une quantité de bêtes fauves, elle offrait à nos rois toutes les ressources et les plaisirs de la chasse. Dès le VIIe siècle, il existait en ce lieu un château ou rendez-vous de chasse qui fut détruit par les Normands au IXe siècle, et relevé, ainsi que d'autres édifices, dès les premiers temps de la domination des Capets. Depuis sa fondation, il est peu de nos rois qui ne se soient occupés de cette résidence, de l'agrandir et de l'embellir, selon les moyens dont la prospérité de l'État leur permettait de disposer.

Charles V le fit reconstruire presque complétement[1] et le renferma dans Paris par la nouvelle enceinte qu'il fit établir autour de la ville, et qui, de ce côté, partait de la Seine à l'endroit où existe le pont des Saints-Pères[2]. Ce château du moyen âge était très-irrégulier dans sa construction. Il se composait de plusieurs tours de différentes hauteurs, reliées par des bâtiments criblés au hasard de fenêtres grandes et petites, larges et étroites, sans alignement et toutes grillées. C'était à la fois une maison de plaisance et une forteresse, pendant de la Bastille, construite sous le même règne à l'extrémité Est de la ville, pour défendre et en même temps contenir les habitants.

Tel était le château du Louvre à l'avénement de François Ier. Négligé depuis longtemps, il n'offrait pas une habitation digne du goût et de la grandeur de ce monarque; car, lorsqu'en 1539 on voulut y recevoir Charles-Quint, on fut obligé d'y faire des changements et de grandes réparations pour pouvoir y déployer une magnificence digne des deux souverains. Ces travaux, considérables et qui n'étaient que partiels, donnèrent à François Ier l'idée

1. M. Leroux de Lincy a publié dans la *Revue archéologique*, année 1852, un document ancien très-curieux, intitulé : *Compte des dépenses faites par Charles V dans le château du Louvre, des années 1364 à 1368.*

2. Voir le *Dictionnaire historique des rues et des monuments deParis,* au mot ENCEINTES.

de rebâtir le Louvre sur un nouveau plan. On se mit à l'œuvre vers 1541 ; mais les travaux ne prirent pas sous son règne de grands développements. Après avoir démoli une grande partie du Louvre gothique, Pierre Lescot fut chargé de commencer le Louvre de la Renaissance par la construction de la grande et belle salle des Gardes, connue aujourd'hui sous le nom de salle des Cariatides, dont les travaux, poussés lentement, se continuèrent sous le règne de Henri II. Pierre Lescot s'associa, pour la décoration du Louvre, les célèbres sculpteurs Jean Goujon et Germain Pilon.

Charles IX fit commencer en 1566 la galerie méridionale qui devait relier le Louvre au palais des Tuileries. Elle consistait alors dans le seul étage du rez-de-chaussée, que surmontait une terrasse. Henri IV la fit exhausser d'un étage, et supprimer la terrasse. Les sculptures qui décorent cette galerie à l'extérieur, et surtout la délicieuse frise à figures de l'étage inférieur sont d'une élégance et d'une exécution telles, que la vue ne se lasse pas de la suivre d'un bout à l'autre de l'édifice. Ces sculptures ont été restaurées avec soin depuis l'année 1848, sous la direction de M. Duban, architecte.

Henri IV fit continuer les autres parties de ce palais, et Louis XIII fit achever, par Jacques Lemercier, la belle façade occidentale de la cour, sur les dessins qu'avait laissés Lescot, à l'exception du pavillon du milieu, où Lemercier crut devoir s'en écarter. La façade de cette partie du Louvre, du côte des Tuileries, était d'une grande simplicité ; pour la mettre en harmonie avec la richesse des nouvelles constructions élevées sous le règne de Napoléon III, on y a ajouté alors un avant-corps qui lui donne un aspect beaucoup plus convenable.

Louis XIV fit jeter en 1665 les fondements de la façade principale, dite la colonnade, qui fut élevée sur les dessins de Claude Perrault. Louis XV fit continuer les travaux sur les dessins de Perrault, et, après un demi-siècle de suspension, ces travaux furent repris sous le règne de Napoléon Ier, qui fit terminer ce superbe édifice de 1804 à 1813 et commencer la nouvelle galerie qui devait, du côté septentrional, relier les Tuileries au Louvre. Il n'y avait de terminé, à la fin de son règne, que la portion qui existe entre le pavillon des Tuileries et le pavillon de Rohan. Ces travaux restèrent suspendus sous la Restauration et le règne de Louis-Philippe.

Les deux palais, après un grand nombre d'années d'existence imparfaite, ont été restaurés et reliés ensemble par Napoléon III. Ces travaux considérables ont été exécutés avec une rapidité qui tient de l'enchantement. L'architecte Visconti, saisi par la mort au milieu de ce gigantesque travail, n'a eu que le temps de tracer le plan d'ensemble, qui a été suivi presque entièrement par son successeur,

M. Lefuel, qui n'y a fait que les changements que
l'exécution des travaux rendit nécessaires. Le choix
des ornements est de ce dernier architecte, qui les
a confiés à des sculpteurs de talent.

Nous regrettons que, dans les nouvelles dispositions intérieures, on ait été obligé de supprimer le
grand escalier construit sous le règne de Napoléon Ier par Percier de Fontaine, et qui conduisait
du musée des antiques à la galerie des tableaux.
C'était un des plus majestueux ornements du palais[1].

Les palais du Louvre et des Tuileries, aujourd'hui
réunis, forment, dans leur ensemble et dans leurs
détails, la demeure princière la plus belle, la plus
vaste et la plus majestueuse de l'Europe, et les richesses qu'ils renferment font l'admiration du monde
entier. Combien de réflexions s'offrent à la pensée
lorsqu'on songe à tous les princes qui ont habité
ces palais, à tous les événements dont ils ont été le
théâtre ; mais éloignons ces réflexions, qui nous en-
traîneraient dans des dissertations qui, bien que se
liant étroitement à l'histoire de ces monuments,
nous feraient sortir du cadre que nous nous sommes tracé.

Dans les vastes galeries du Louvre sont disposés
les divers musées de peinture, de sculpture, des

1. Le *Magasin pittoresque* en a donné une représentation fidèle
dans le volume de l'année 1841, p. 105 ; et aussi M. de Clarac,
dans sa *Description du Louvre et des Tuileries*, déjà cité.

antiques, des émaux, des bijoux, etc., si précieux pour l'enseignement et le développement non-seulement de l'art pur, mais aussi de l'art industriel et dont les catalogues descriptifs se vendent à l'entrée. Le public y est admis tous les jours, excepté le lundi.

Nous n'entrerons pas dans le détail de ces riches collections, dont on ne peut se faire aucune idée si on ne les a pas visitées. Il faudrait plusieurs volumes pour les décrire convenablement.

Le musée de sculptures égyptiennes, assyriennes, grecques, est au rez-de-chaussée, ainsi que celui des sculptures de la Renaissance et des sculptures modernes, qui renferme plusieurs chefs-d'œuvre provenant de l'ancien musée des monuments français, dont il a été question plus haut.

Les antiquités égyptiennes, étrusques, grecques, romaines, les bijoux, les émaux[1], sont dans les salons du premier étage, ainsi que le musée des Souverains français et celui de peinture et des dessins de maîtres. La remarquable collection des objets d'art du moyen âge et de la Renaissance, estimée à

---

1. Outre le catalogue descriptif, qui se vend à l'entrée du Musée, on consultera avec fruit le savant ouvrage de M. Jules Labarte, intitulé : *Recherches sur la peinture en émail dans l'antiquité et au moyen âge*, 1 vol. in-4°, avec planches. Paris, 1856, et celui de M. Dussieux, publié sous le titre de *Recherches sur l'histoire de la peinture sur émail dans les temps anciens et modernes et spécialement en France*, 1 vol. in-8°. Paris, 1841.

500 000 francs et léguée à la France par M. Sauva-
geot en 1856, vient d'être placée dans la salle dite
de Henri II. Le musée de la marine et le musée ethnographique sont dans les étages supérieurs. Indépendamment des fragments d'étoffes qui remontent à
une haute antiquité, le musée du Louvre possède des
étoffes historiées du moyen âge[1].

L'établissement du musée de la marine, fondé
par ordonnance royale de 1827, a été entravé par
les événements politiques et n'a été livré au public
qu'en 1837. Ce musée renferme tous les modèles
des navires français anciens et modernes, ainsi que
les instruments, armes et agrès de toutes espèces
employés dans la marine. On y a aussi rassemblé
quelques objets des marines étrangères rapportés
par les voyageurs, et des débris provenant du nau-
frage de la Pérouse.

Le musée ethnographique n'est pas un des moins
curieux que renferme le Louvre. Il est, comme l'indique son nom, composé d'objets propres à nous
faire connaître les mœurs des nations lointaines
visitées par les navigateurs ; on y trouve rassemblés
des armes, des costumes, des ornements, des ustensiles, etc., à leur usage.

Les collections de peintures et de sculptures sont
précieuses pour l'étude de l'art, et pour guider et

1. Francisque Michel, *Recherches sur le commerce, la fabrication des étoffes*, etc., in-4°, t. 1, p. 30-42.

inspirer les artistes modernes. Depuis l'année 1848, la disposition des tableaux dans la galerie du Louvre a été changée complétement. A un arrangement principalement basé sur la symétrie des cadres et sur la dimension des toiles, a succédé une classification qui atteint mieux le but qu'on se propose en formant une collection de ce genre. C'est à M. Villot, qui était conservateur du musée de peinture, que l'on doit cette heureuse innovation. Pour faciliter les études pratiques, on a réuni les œuvres éparses d'un même maître et celles de ses élèves ou imitateurs; on a classé chronologiquement chaque groupe dans chaque école : italienne, allemande, française, hollandaise, etc.; de manière à conserver dans son ensemble et dans son intégrité l'aspect qui caractérise chacune de ces écoles. Et, comme introduction à cette collection si riche, on a exposé dans le grand salon carré une série de chefs-d'œuvre choisis dans les écoles qui occupent les travées de la grande galerie.

Le musée des Souverains français, fondé sous le règne de Napoléon III, est composé d'objets ayant appartenu aux princes, aux rois et aux reines de France. Parmi les objets remarquables de ce musée, nous citerons le portrait du roi Jean, espèce de gouache ou de peinture à la colle, exécutée de son temps; la Bible de saint Louis et un coffret orné d'armoiries qui a servi au même souverain.

M. Grésy est le premier antiquaire qui ait appelé l'attention sur ce petit meuble curieux en publiant une description accompagnée de dessins, alors qu'il n'était pas encore au musée[1]. On voit également dans ce musée un grand nombre d'objets ayant appartenu à Napoléon Ier.

L'acquisition faite, en 1861, par l'Empereur, pour le compte de la France, de la collection si remarquable de bijoux antiques, de vases grecs, de terre cuite, de peintures, etc., que le marquis Campana avait rassemblés à Rome pendant plusieurs années, et qui faisait l'admiration de tous les étrangers admis à la visiter, prend place en ce moment au Louvre dans la galerie méridionale, au premier étage, sous le nom de musée Napoléon III[2].

On doit savoir gré aux conservateurs de cette collection de l'empressement qu'ils ont mis à en publier le catalogue. Ils se sont montrés plus habiles et plus désireux de satisfaire le public, que le conservateur des antiquités grecques et romaines qui, depuis bien des années, n'a pu encore publier le

---

1. *Revue archéologique*, 1854, p. 637 et planche 227.

2. Une exposition de cette riche collection a été faite, du 1er mai au 1er novembre 1862, dans le palais de l'Industrie aux Champs-Élysées, en attendant que les salles du Louvre fussent disposées pour la recevoir. Pendant ce laps de temps, les salles d'exposition suffisaient à peine pour contenir le nombre des visiteurs. Deux éditions du catalogue des bijoux ont été épuisées, encore que ce catalogue eût été imprimé à un nombre très-considérable.

catalogue des collections confiées à ses soins; et cependant la collection des vases grecs, si considérable et si remarquable, attire surtout l'attention.

C'est que parmi les objets que nous a légués l'antiquité, il n'y en a pas de plus précieux pour l'histoire et l'archéologie que les vases grecs, si gracieux par leurs formes variées et si intéressants par leurs peintures décoratives, dont l'immense majorité des sujets qu'elles représentent sont empruntés à des légendes mythologiques. La collection du Louvre, qui s'enrichit encore davantage par les vases de la collection Campana [1], est maintenant la plus précieuse qui existe; aussi est-elle très-visitée par les antiquaires et les artistes, qui y puisent de précieux renseignements pour leurs travaux [2].

Les collections archéologiques offrent un champ vaste pour l'étude de l'histoire et des connaissances humaines dans les temps antérieurs; elles nous aident puissamment à ressusciter tout ce qui peut nous faire comprendre l'existence politique et la

1. *Notice sur les vases peints et à reliefs du musée Napoléon III*, par M. J. de Witte; in-12, Paris, 1862.

2. Les vases grecs ont été le sujet d'un grand nombre de publications intéressantes. Nous citerons entre autres les ouvrages de Millin, de Laborde, d'Inghirami, de Gerhard, de d'Hancarville, de Millingen, de Panofka, etc., et celle plus récente, l'*Élite des monuments céramographiques*, de MM. Lenormant et de Witte, qui résume toutes les publications antérieures et les complète des vases découverts dans les fouilles plus récentes.

vie privée des populations qui ont laissé quelques traces de leur séjour sur la terre.

Ces collections ont fait naître la science archéologique, science toute moderne et si intéressante. Avec l'archéologie, les peuples de l'antiquité revivent pour nous d'une manière complète; elle reconstitue les nations dans leurs royaumes, les familles dans leurs cités; elle nous conduit au sein des villes antiques, les relèvent de la poussière où elles gisent, restaure leurs ruines, et nous les montre dans leur splendeur d'autrefois. A l'aide de l'archéologie, nous retrouvons chaque peuple avec son existence, sa religion, ses monuments, ses armes et les divers ustensiles à son usage. Cette science embrasse tous les siècles passés, toutes les civilisations éteintes, qu'il s'agisse de l'antiquité païenne ou du moyen âge, qu'il s'agisse de l'Égypte ou de la Grèce, de l'Italie ou de la France, de l'Allemagne ou de l'Angleterre; la science archéologique éclaire tous les secrets et toutes les profondeurs de l'histoire de ces nations.

On a si bien compris l'utilité des musées archéologiques et artistiques, que les villes les plus importantes de la France et de l'étranger en ont créé dans leur sein [1]. Les musées archéologiques des

1. Un musée spécial et unique en son genre par la quantité et la variété d'objets qu'il renferme, a été établi dans la manufacture de porcelaine de Sèvres, et classé méthodiquement pour

départements ont surtout cela de remarquable,
qu'on y recueille préférablement les objets découverts dans la localité, et qui tiennent plus particulièrement à leur histoire. Beaucoup de collections
privées ne sont pas moins intéressantes, ne fût-ce
seulement que comme collection de gravures et
dessins topographiques.

Dans un discours prononcé, le 29 août 1862, à la
séance d'inauguration de la Société historique de
Montbrison, M. le comte de Persigny, ministre de
l'intérieur, auquel on est redevable de la bonne
organisation des archives départementales depuis
quelques années, a développé une idée qui stimu-
lera certainement encore davantage le zèle des savants des départements, pour réunir les monuments
et documents disséminés en bien des endroits.

Dans son discours, le savant homme d'État propose de réunir dans un seul et même local tout ce
qui se rapporte à l'histoire de la province sous
forme graphique, c'est-à-dire tout ce qui est écrit
et tout ce qui peut se dessiner; ou, suivant les

l'étude de l'art céramique de tous les peuples et de toutes les
époques depuis les temps les plus reculés. Il a été le sujet d'une
magnifique publication sous le titre de *Description du musée
céramique de la manufacture de Sèvres*, par MM. Brongniart et
Riocreux. Paris, 1845. Cet ouvrage, en deux volumes in-4°, renferme un grand nombre de spécimens de vases et autres objets
en terre cuite, des temps anciens et modernes. On est admis à
visiter ce musée, et les ateliers, tous les jours de la semaine, avec
des billets délivrés au ministère de la maison de l'Empereur.

termes plus précis de M. de Persigny : « Fonder
une sorte de cabinet historiographique où soient
réunies toutes les sources d'information : par exemple, une bibliothèque de tous les livres ou manuscrits qui peuvent concerner le pays ; une seconde
bibliothèque de tous les ouvrages faits par des com-
patriotes ; un recueil de sceaux et médailles de la
province, ou *fac-simile* de ces objets ; une collection
de cartes géographiques et topographiques du pays ;
de plans, dessins, vues, portraits des grands hommes ; des albums photographiques pour la repro-
duction des monuments archéologiques ; un cabinet de titres, chartes, actes authentiques, originaux
ou copiés, et surtout un catalogue suffisamment
détaillé de tous les documents qui peuvent intéres-
ser la province, dans les collections publiques ou
particulières ; dans les archives, bibliothèques,
musées et cabinets de Paris, des départements et
de l'étranger. »

Voilà une grande idée, qui a déjà reçu en partie
son application et qu'il serait désirable de voir
compléter.

Ne pouvant pénétrer dans la belle et riche bibliothèque impériale que renferme le Louvre, et dont
l'entrée est en face de la place du Palais-Royal,
allons visiter la bibliothèque de la rue Richelieu.

XXXVII

BIBLIOTHÈQUE IMPÉRIALE.

Paris et la France ont un grand nombre de bibliothèques publiques, et, malgré cela, il y a peu de personnes qui ne possèdent une bibliothèque, quelque minime qu'elle soit. Chacun la forme selon son goût et ses besoins. Il y a la bibliothèque de l'amateur de livres et la bibliothèque du savant, du travailleur; alors les livres sont leurs instruments de travail, qu'ils manient plus ou moins habilement.

Avec les livres, dès qu'on aime la lecture, le poids accablant de l'ennui ne se fait jamais sentir. Et, en effet, quelle plus agréable société que les livres, lorsque le choix en est bien fait? quels amis plus dévoués et plus soumis à nos désirs, à nos besoins et même à nos caprices!

Mais, quelle que soit sa fortune, le savant, l'écrivain de profession, ne peut acquérir tous les livres nécessaires à ses travaux. Cette difficulté a existé de tout temps, et c'est afin d'y remédier qu'on a eu l'idée de fonder des bibliothèques publiques.

Le premier essai de bibliothèque publique en

France date du XIIIᵉ siècle[1] ; on le doit à Louis IX, qui mit à la disposition des savants et des étudiants une collection de manuscrits qu'il avait fait transcrire, et qui se composait de plusieurs exemplaires de l'Écriture sainte, des Pères et d'autres ouvrages ; mais, à sa mort, il dispersa cette bibliothèque en la partageant à divers monastères. Cet essai fut renouvelé après lui sans plus de succès. Charles V est le premier roi de France qui fonda une bibliothèque permanente. Il acheta et fit copier un grand nombre d'ouvrages de théologie, de droit, de littérature, d'histoire et de sciences. Il en possédait, en 1373, 910 volumes, nombre considérable alors ; à cette collection, qu'il fit installer dans une des tours de l'ancien Louvre, qu'on nomma *tour de la Librairie*, il joignit la bibliothèque du roi Jean, son père, composée de six volumes de sciences et trois ou quatre volumes de piété, et donna aux savants la facilité d'y venir travailler. En 1429, lorsque Paris tomba au pouvoir des Anglais, le duc de Bedford s'empara de cette bibliothèque et la fit transporter à Londres.

1. *Dictionnaire de biographie, d'histoire, de mythologie, de géographie*, etc.. publié sous la direction de MM. Dezobry et Bachelet, 2 vol. grand in-8°, Paris, 1857. Cet ouvrage est d'une grande utilité pour les personnes qui désirent avoir immédiatement des renseignements biographiques, historiques, scientifiques, etc. Chaque article est signé par les auteurs qui ont collaboré, chacun dans sa spécialité, pour la parfaite exécution de ce travail important.

Louis XI s'occupa de réorganiser la Bibliothèque royale, et fut puissamment aidé dans la réalisation de ce projet par l'invention de l'imprimerie, qu'on introduisit en France sous son règne. Ses successeurs enrichirent cette collection soit par la conquête, soit par de nouvelles acquisitions. Ce qui contribua beaucoup à l'augmenter, c'est une ordonnance rendue par Louis XIII, en 1617, qui obligeait tous les libraires de France de déposer à la Bibliothèque royale trois exemplaires de tous les ouvrages qu'ils feraient paraître. Cette obligation a été maintenue par de nouvelles ordonnances de ses successeurs et existe encore aujourd'hui. Tout libraire, imprimeur, éditeur de musique, de gravures ou de lithographies, est tenu de déposer deux exemplaires de chaque ouvrage, gravure, etc., qu'il publie, plus un exemplaire des planches, s'il y en a qui accompagnent le texte, ou trois exemplaires en tout lorsque les gravures sont imprimées dans le texte. Les libraires et imprimeurs des départements font ces dépôts à la préfecture, qui les envoie à la direction de la librairie, au ministère de l'intérieur, où les libraires et imprimeurs de Paris font directement leurs dépôts. L'un de ces exemplaires est donné à la Bibliothèque de la rue Richelieu, et l'exemplaire des planches est remis au même établissement pour le département des estampes ; le reste est livré au ministère de l'instruction publique.

La Bibliothèque royale fut changée plusieurs fois de local. Sous Henri III, qui l'augmenta par des acquisitions considérables, il en existait des portions dans les châteaux royaux de Fontainebleau et de Blois. Henri IV la concentra à Paris, dans le collége de Clermont, aujourd'hui Louis-le-Grand. Elle fut successivement augmentée par les dépôts de la librairie et par des acquisitions nouvelles, surtout sous le ministère de Colbert, qui y ajouta le cabinet des médailles et le cabinet des estampes; enfin, en 1666, et après avoir été déplacée plusieurs fois depuis qu'elle avait été réunie à Paris, ce grand ministre, auquel la France doit tant de reconnaissance pour la protection accordée par lui à tous les établissements utiles, fit transporter la Bibliothèque royale dans un bâtiment, rue Vivienne, où elle resta jusqu'en 1721, qu'elle fut installée dans l'ancien hôtel Mazarin, rue Richelieu, où elle est encore aujourd'hui.

La grande et noble idée du ministre a fort heureusement été poursuivie dans la suite. Il voulait, en rassemblant ces diverses collections, qu'au sein de la Bibliothèque consacrée à la France par ses souverains, tout concourût à l'étude et à la facilité des recherches. Aussi, malgré les tentatives faites à diverses époques pour séparer quelques-unes de ces collections, le gouvernement les a toujours maintenues réunies. Et, en effet, les renseignements, les

documents que l'on va chercher dans cet établissement ne peuvent souvent être complétés que par des
recherches faites dans les imprimés, les estampes
et les médailles. C'est ce que pensait Colbert lorsqu'il
fit réunir ces diverses collections, qu'il augmenta
incessamment ; aussi, à sa mort, la Bibliothèque
royale possédait plus de 10 000 manuscrits, 40 000
imprimés et une grande quantité de médailles et
d'estampes.

Aujourd'hui, la Bibliothèque impériale, par le
nombre et par l'importance des richesses qu'elle
renferme, est au premier rang des bibliothèques
de l'Europe. Elle est divisée en quatre départements,
savoir : les manuscrits ; les imprimés et les cartes
géographiques et plans ; les estampes ; les médailles
et antiques. Chacun de ces départements, dont la
richesse s'accroît tous les jours, est d'un accès facile
pour les travailleurs sérieux ; mais les romans et
autres produits de la littérature légère ne sont pas
communiqués, ainsi que les journaux de moins de
vingt années de date. Outre la facilité de lire sur
place, les personnes connues par les travaux qu'elles
ont publiés peuvent obtenir, sur une demande
écrite et motivée, l'autorisation d'emporter des
livres, mais pour un temps limité.

Cet établissement possède actuellement 80 000 manuscrits littéraires, scientifiques et historiques ;
plus de 800 000 ouvrages imprimés, et plusieurs

milliers de cartes géographiques et plans ; plus de 100 000 médailles, indépendamment des pierres gravées et antiques. On évalue à plus de 1 500 000 le nombre de pièces, grandes et petites, que possède le cabinet des estampes, où elles sont classées dans plus de 12 000 volumes ou portefeuilles.

Les manuscrits sont placés dans la galerie dite Mazarine, encore décorée des fresques que le cardinal avait fait exécuter par Romanelli, et dont tous les sujets sont empruntés à la mythologie. Cette galerie contient plusieurs vitrines où sont exposés des autographes, de belles reliures et des manuscrits ornés de miniatures. Le département des manuscrits est divisé en fonds, portant les noms de ceux qui les ont légués ou vendus. L'ancien fonds français est composé de manuscrits réunis depuis l'origine de la Bibliothèque jusqu'au règne de Louis XIV ; le fonds de Dupuy se compose de 300 volumes légués au roi par Jacques Dupuy en 1656 ; le fonds de Brienne, acquis par le roi en 1661 ; le fonds de Gaignières, donné au roi en 1711, etc., auxquels ont été ajoutés les fonds de Saint-Germain des Près, de Saint-Victor et autres ayant appartenu à des maisons religieuses supprimées à l'époque de la Révolution. On a ajouté à ce département ce qu'on désigne sous le nom de cabinet des titres et généalogies, composé de plusieurs milliers de portefeuilles remplis de titres généalogiques très-précieux pour toutes les familles de l'Europe. Cette collection a pour origine celle que Gaignières donna au roi , et à laquelle on ajouta , en 1717, celle de d'Hozier et de plusieurs autres généalogistes.

Les imprimés formaient autrefois un département spécial, auquel , depuis 1858, on a réuni les cartes géographiques et plans , collection formée en 1828, et qui faisait partie du département des estampes. La section des cartes et plans , qui n'était composée à son origine que de quelques portefeuilles, a acquis aujourd'hui une importance réelle par le nombre, la rareté et le bon choix des objets qui la composent. On y trouve les cartes géographiques de toutes les époques, depuis ces esquisses informes des savants et des voyageurs du moyen âge jusqu'aux cartes de nos jours, si soigneusement dessinées, et publiées en France et à l'étranger. C'est à M. Jomard que l'on doit l'organisation de cette section.

Dans les salles des imprimés autres que celles de lecture sont exposés , dans des vitrines, plusieurs volumes remarquables par leur reliure, et comme spécimens de l'art de l'imprimerie depuis son origine. On voit aussi dans ces salles un plan en relief des pyramides d'Égypte; un groupe en bronze représentant le Parnasse, où sont échelonnés les grands littérateurs et artistes du XVIIᵉ siècle. La salle des globes renferme deux globes sphériques d'une grande dimension exécutés par Coronelli aux frais du cardinal d'Estrées, qui les destinait : l'un, globe céleste, à montrer quelle place occupaient dans le ciel les étoiles et les planètes à la naissance de Louis XIV ; l'autre, globe terrestre, pour rendre un continuel hommage à la gloire du roi, en montrant les pays où mille actions et choses mémorables ont été exécutées par lui-même ou par ses ordres.

Le cabinet des médailles a été formé, à l'origine, de diverses collections éparses dans les maisons royales et réunies au Louvre sous le règne de Louis XIV, puis transportées en 1667 à la Bibliothèque du roi. Cette collection s'est successivement accrue par des dons et des acquisitions nouvelles. M. le duc de Luynes, qui dans ces dernières années avait déjà fait don au département des médailles et antiques de plusieurs objets précieux, vient encore tout récemment de l'enrichir de ses collections de médailles et antiques, estimées à plus de deux millions de francs[1].

Dans les salles du département des médailles et antiques sont exposées, dans d'élégantes vitrines,

1. Les collections formées par M. le duc de Luynes avec ce goût éclairé qui n'admet que des monuments de choix, aussi remarquables par leur beauté que par leur intérêt scientifique, sont depuis longtemps célèbres. Ces collections se composent de 6893 médailles, 373 camées, pierres gravées et cylindres, 188 bijoux en or, 39 statuettes en bronze, 43 armures et armes

plusieurs séries de monnaies et médailles classées chronologiquement, un grand nombre de bronzes et objets antiques ; et dans une salle supérieure, une riche collection de vases grecs et d'antiquités égyptiennes. D'autres monuments antiques, soustraits provisoirement à la vue du public, à cause des grands travaux qui s'exécutent en ce moment dans la Bibliothèque, seront replacés à mesure que la reconstruction des salles le permettra. L'un des plus curieux est la Chambre des ancêtres de Thoutmès III, qui faisait partie du palais de Karnac et qui fut rapportée d'Égypte en France par M. Prisse, en 1845[1]. Le catalogue du département des médailles et antiques, rédigé par le conservateur, M. A. Chabouillet, se vend à l'entrée de la Bibliothèque.

C'est de l'année 1815 que date l'importance qu'a prise de nos jours le département des estampes, grâce à la direction que sut lui imprimer M. J. Duchesne, quoiqu'il ne fût encore que premier employé ; M. Joly, alors conservateur du cabinet, plein de confiance dans son savoir, lui laissa toute liberté. Avant cette époque, le département des estampes comptait plusieurs rivalités redoutables en Europe,

___

antiques, 85 vases étrusques et grecs et un grand nombre de monuments de diverse nature.

Le monde savant appréciera la haute importance de cette donation patriotique, mais cette libéralité ne surprendra personne parmi ceux qui connaissent M. le duc de Luynes.

1. Voy. *Revue archéologique*, 1845, p. 1 et planche 23.

même dans les collections particulières; mais le zélé et habile employé donna une telle impulsion aux travaux de classification, poursuivant en même temps avec ardeur les nouvelles acquisitions qui devaient le compléter, qu'il a fait du cabinet des estampes de Paris l'une des collections les plus riches et les mieux ordonnées de l'Europe. Dans la galerie de ce département sont exposées sous verre plusieurs estampes choisies de manière à présenter les progrès de la gravure en taille-douce à diverses époques.

J. Duchesne a laissé de bons souvenirs dans la mémoire de tous ceux qui l'ont connu. Il était un modèle du bibliothécaire qu'on peut imiter, mais qu'on surpassera difficilement; entièrement dévoué à son service, il éprouvait une grande satisfaction à aider dans leurs recherches les artistes et tous ceux qui fréquentaient le cabinet des estampes. Soit comme simple employé, soit comme conservateur, on le trouvait toujours à son poste, empressé à répondre aux questions qu'on lui faisait et contribuant par son savoir à guider dans leurs travaux les personnes qui s'adressaient à lui A la mort de M. Joly, en 1829, les longs et honorables services de Duchesne lui donnaient droit à la place de conservateur du cabinet; mais il n'était pas membre de l'Institut, et n'a jamais fait de démarches, que nous sachions, pour faire partie de ce corps; aussi lui

préféra-t-on un membre de l'Académie des beaux-
arts, un peintre peu connu, infiniment moins ca-
pable de remplir cet emploi que Duchesne, dont
cette injustice ne ralentit nullement le zèle. Enfin,
en 1839, il fut mis en possession de cette place dont
il faisait en réalité les fonctions depuis vingt-cinq
ans. En dehors de son service actif, Duchesne trouvait encore le temps de rédiger des notices et des
mémoires pour divers recueils, des catalogues
d'estampes pour des ventes, sans compter plusieurs
volumes très-estimés sur les arts, et, parmi plusieurs travaux manuscrits, une histoire des châsses
et reliques conservées dans toutes les églises de
France, que la mort ne lui a pas laissé le temps de
publier. Ce manuscrit a été acquis par M. le comte
de l'Escalopier.

J. Duchesne, mort en 1855, peu de semaines
après avoir installé le cabinet des estampes dans la
belle galerie qu'il occupe aujourd'hui, et après
avoir rempli successivement depuis l'année 1795 les
fonctions d'employé et de conservateur de la collection à laquelle il s'était dévoué, avait quadruplé
le nombre de volumes reliés qu'elle renfermait autrefois. C'est à lui qu'on doit l'inventaire et le catalogue de ce riche dépôt, dont toutes les pièces ont
été classées et enregistrées de sa main. La classification générale, dans laquelle il a été admirablement secondé par son frère, Duchesne-Tauzin,

sous-conservateur du même département, comprend 24 divisions, subdivisées elles-mêmes en 122 classes[1].

Dans ces divisions, qui comprennent les œuvres gravées des peintres des écoles française, italienne, germanique, etc.; les œuvres des architectes, sculpteurs, graveurs; les portraits, les costumes, nous signalerons une série considérable composée de pièces provenant de différentes sources, et qui s'accumulaient pêle-mêle depuis longtemps sans utilité, jusqu'au moment où Duchesne conçut l'idée de les classer et d'en former les recueils suivants : iconographie de la Vierge; la collection des saints et saintes, formant environ 30 volumes in-folio; l'histoire de France en estampes, qui a aujourd'hui 186 volumes in-folio; la topographie de Paris, 53 volumes du même format; celle de la France, 264 volumes; la topographie des autres pays, qui forme 283 volumes. Ces recueils, si précieux par les nombreux renseignements qu'ils fournissent aux artistes, aux historiens et aux archéologues, s'augmentent tous les jours.

La classification des pièces qui composent cette partie du département des estampes a été commencée il y a une trentaine d'années; cette heureuse inno-

---

1. On en trouve le détail dans la *Description des estampes exposées dans la galerie de la Bibliothèque impériale*, etc., par J. Duchesne aîné. 1 vol. in-8°. Paris, 1855.

vation a donné l'idée à plusieurs amateurs de former des collections de ce genre; nous en connaissons de très-curieuses et que leurs possesseurs s'appliquent journellement à augmenter, ce qui leur procure une satisfaction que ne peuvent comprendre ceux qui n'ont pas ce goût intelligent.

Le public est admis tous les jours, de dix heures à quatre heures, excepté les dimanches et fêtes, dans les différents départements de la Bibliothèque impériale, pour y travailler. Les curieux ne sont admis que les mardis et vendredis de chaque semaine. Un décret du mois de juillet 1858, en reconstituant le service de cet établissement, a supprimé les vacances, excepté celle de la quinzaine de Pâques; et la durée des séances de travail, qui était de cinq heures, a été portée à six.

Plusieurs cours publics et gratuits sont professés à la Bibliothèque impériale, pour les langues orientales vivantes et pour l'archéologie.

Depuis l'installation de la Bibliothèque impériale dans les vastes galeries qu'elle occupe aujourd'hui, et malgré le froid excessif qu'on y ressentait pendant la saison d'hiver, qui éloignait le public des salles de lecture, la crainte du feu avait toujours fait ajourner le projet de chauffer ces salles. En 1839, alors que Letronne était administrateur de cet établissement, il combattit cette crainte exagérée par de solides raisons exposées dans un rapport au ministre, et il obtint du gouvernement l'autorisation d'établir des calorifères, en prenant toutes les précautions que la prudence exige. Les résultats de cette grande et utile mesure sont toujours parfaitement appréciés du public et des employés, et plus particulièrement de ceux qui se souviennent de la température glaciale qu'on ressentait dans ces galeries.

En ce moment de grands travaux s'exécutent dans cette Bibliothèque pour y établir de nouvelles salles mieux appropriées au service et aux besoins du public[1].

De la Bibliothèque de la rue Richelieu, nous nous dirigerons, par la place de la Bourse et les boulevards, vers la rue du Faubourg-Poissonnière, où est situé le Conservatoire de musique et de déclamation ; mais nous ne passerons pas devant la Bourse sans jeter un coup d'œil sur ce monument.

---

1. A ce sujet, nous avons une petite remarque à faire, dût-elle nous faire avoir maille à partir avec MM. les architectes modernes, qui sont quelquefois trop portés à voir près de s'écrouler les monuments dont l'entretien est confié à leurs soins. Qui n'a pas vu, il y a quelques années, toute la partie du bâtiment de la Bibliothèque dans laquelle est placé le cabinet des médailles, et que supporte la voûte de la rue Colbert, comme menacée d'une ruine imminente? Cette vaste arcade a été étayée pendant plusieurs années par d'énormes pièces de bois qui produisaient l'effet le plus désagréable et causaient de l'inquiétude aux admirateurs de la précieuse collection de médailles, qui pouvait, à en juger par la frayeur de l'architecte, tomber et s'éparpiller sur la

XXXVIII

Ce monument, sorte de temple périptère, entouré de 64 colonnes, dont 14 sur chacune de ses faces et 18 sur chaque côté latéral, a été commencé en 1809, sur les dessins de Brongniart, mort en 1813, et n'a été terminé qu'en 1825, par Labarre, qui a suivi le plan primitif. C'est là que se rassemblent les agents de change, courtiers de commerce, rentiers, commerçants, etc., pour la négociation des effets publics, des rentes, des actions, des marchandises et toutes valeurs négociables.

Les bourses de commerce existaient dans l'antiquité. Les négociants d'Athènes se rassemblaient au

---

voie publique avec les débris du bâtiment. C'était même avec réserve que l'on accordait à quelques visiteurs la faveur de monter dans la salle qui est au-dessus du cabinet. Quel motif avait porté l'architecte à en user ainsi, c'est ce que nous n'entreprendrons pas d'éclaircir; toujours est-il qu'après la mort de Visconti, architecte de la Bibliothèque, et sans que le bâtiment ait subi la moindre réparation, les étais furent enlevés, et il se soutient encore parfaitement aujourd'hui. Nous ne faisons pas cette remarque en vue de la conservation de cette arcade, que nous espérons bien voir disparaître par suite des travaux qu'on exécute en ce moment sous la direction de M. Labrouste, et qui isoleront la Bibliothèque des habitations particulières auxquelles elle est attenante de ce côté.

Pirée. La première réunion de marchands, à Rome, eut lieu, selon Tite Live, l'an 493 avant J. C. Ce n'est qu'à partir du XVIe siècle, dit-on, qu'on employa le mot *Bourse*, à Bruges, pour désigner ces réunions; mais on n'est pas d'accord sur son étymologie. Selon les uns, ce nom viendrait de ce que la réunion avait lieu chez une famille *Van der Beurse*; selon d'autres, il viendrait d'Amsterdam, où l'on s'assemblait dans une maison à l'enseigne des *Trois-Bourses*. La Bourse de Londres reçut de la reine Élisabeth le nom de *Royal-Exchange*, et toutes les autres réunions de ce genre en Angleterre s'appellent aussi *Exchange*. En France, une Bourse fut établie, en 1549, à Toulouse; une autre à Rouen en 1566, sous le nom de *Convention*[1]. Celle de Paris ne fut fondée qu'en 1724, et, après bien des changements de local, cette réunion prit possession, en 1825, du palais de la Bourse, premier monument construit à cet usage à Paris.[2].

Le Tribunal de commerce, autrefois des *juges-consuls*, dont l'auditoire était cloître Saint-Merri, vint

1. *Dictionnaire de biographie, d'histoire*, etc., de MM. Dezobry et Bachelet, cité plus haut.

2. On avait eu le projet de terminer les constructions de la Madeleine, interrompues par la révolution, pour y installer la Bourse; mais Napoléon annula ce projet par un décret de 1806, que nous avons lu dans le t. II, p. 118, de la publication de M. Kermoysan, intitulée : *Napoléon : Recueil par ordre chronologique de ses lettres, proclamations, bulletins*, etc. 3 vol. in-12. Paris, 1853-57.

la même année s'installer dans la Bourse, ainsi que la Chambre de commerce; mais, trop à l'étroit, la Chambre de commerce a pris possession de l'ancien hôtel des Ventes des commissaires-priseurs, situé à l'angle de la rue Notre-Dame des Victoires et de la place de la Bourse, en attendant que le nouveau bâtiment qu'on élève en face du Palais de justice, pour y réunir le Tribunal et la Chambre de commerce, ainsi que les Prud'hommes, soit terminé.

La Chambre de commerce possède une bibliothèque composée de tous les ouvrages qui intéressent le commerce et l'industrie, classés méthodiquement sous la désignation d'arts et métiers, commerce intérieur et maritime, navigation, colonies, législation, finances, douanes, économie politique, statistique, voyages, etc. Cette bibliothèque est ouverte les jours non fériés.

XXXIX

CONSERVATOIRE DE MUSIQUE ET DE DÉCLAMATION.

Le Conservatoire de musique et de déclamation a été fondé en 1784, sous le nom d'École royale de chant, de déclamation, de danse, etc., par le baron de Breteuil, et établi dans le local qu'il occupe encore aujourd'hui, ancienne dépendance de l'hôtel des

Menus Plaisirs du roi. Antérieurement à cette époque, il existait à Paris une Académie de danse fondée par Louis XIV, en 1661, destinée à former des
sujets pour l'Opéra, sous la direction du maître des
ballets du roi.

L'École royale de chant fut fermée en 1789, puis
rétablie par la Convention en 1793, sous la dénomination d'Institut national de musique, et réorganisée en 1795 sous son nom actuel. Cet établissement est plus particulièrement destiné à former
des sujets pour l'Académie de musique (Grand
Opéra). Les cours, professés par les maîtres les plus
célèbres, sont tous gratuits et suivis par plus de
cinq cents élèves externes des deux sexes, qui y sont
admis par voie d'examen et de concours. Une bibliothèque spéciale, très-riche en ouvrages sur les
arts qui sont enseignés dans cette institution, est
mise à la disposition des professeurs et des élèves.
Le public est également admis à visiter cette bibliothèque, qui s'enrichit tous les jours par des acquisitions nouvelles et par l'un des exemplaires des publications de musique déposés à la direction de la
librairie par les éditeurs et imprimeurs, qui lui est
concédé par ordonnance royale de 1834.

Des succursales du Conservatoire de musique de
Paris ont été fondées dans plusieurs villes de
France.

Revenons vers les boulevards, qui nous conduiront au Conservatoire des arts et métiers, situé rue Saint-Martin.

XL

CONSERVATOIRE DES ARTS ET MÉTIERS.

Le Conservatoire des arts et métiers a été fondé en 1794, dans l'hôtel d'Aiguillon, rue de l'Université, où furent rassemblés un grand nombre de modèles et d'instruments précieux auxquels les arts, les sciences, l'industrie et l'agriculture sont redevables de bien des progrès et doivent leur en emprunter encore. En 1799, tous ces objets furent transportés dans l'ancienne abbaye Saint-Martin des Champs, dont les bâtiments spacieux avaient été reconstruits dans la première moitié du xviiie siècle, à l'exception de l'église, aujourd'hui appropriée aux expériences de mécanique; du réfectoire, qui date du xiiie siècle et qui a été soigneusement restauré, en 1847, pour y installer la bibliothèque de cet établissement[1].

Le Conservatoire des arts et métiers, suivant sa nouvelle organisation, est destiné à recevoir les modèles, plans ou dessins des machines, des appa-

1. M. Albert Lenoir a publié plusieurs dessins de ce prieuré dans son *Architecture monastique*, 2 vol. in-4°, Paris, 1852-56.

8

reils, des instruments et des outils employés dans l'agriculture et dans les arts industriels, afin d'y servir à l'enseignement et au progrès des sciences et des arts. Beaucoup d'objets, remarquables par leur perfection, y sont également déposés par les fabricants. Dès sa formation, on y installa les machines ingénieuses que Vaucanson avait léguées, en 1775, à Louis XVI; les collections de l'Académie des sciences, laquelle avait été supprimée, et le cabinet du physicien Charles. Puis, successivement, le Conservatoire s'enrichit de la collection de nos nouveaux poids et mesures, rendue plus intéressante encore par la comparaison des poids et mesures des autres peuples; d'une riche collection d'horlogerie que recommandent les noms illustres des Berthoud, des Bréguet, des Leroy, etc.; des instruments d'optique dont les effets surprenants charment la vue; d'une série considérable d'instruments et de machines agricoles de diverses époques, etc., etc.

Parmi tant d'objets si curieux rassemblés dans cet établissement, on est surpris d'y retrouver une voiture à vapeur, inventée par Cuquot en 1780; un modèle de pompe spirale, inventée en 1756 par Wetmann, instrument si ingénieux, malgré sa simplicité, qu'il surpasse en effet toutes les pompes inventées depuis.

Plusieurs professeurs sont attachés à cet établissement pour y faire des cours de mécanique, de chimie et d'économie industrielle appliquée aux arts ; de géométrie, d'agriculture, de législation industrielle, etc. Depuis 1839, le Conservatoire a subi un changement notable ; le nombre des professeurs a été porté successivement à quatorze, composant le conseil de perfectionnement, auquel on doit d'utiles améliorations. Un des professeurs est chargé de l'administration du Conservatoire des arts et métiers, qui, par ses cours et son musée, est au premier rang de tous les établissements analogues des autres peuples, chez lesquels néanmoins l'enseignement technologique se développe depuis quelques années.

La bibliothèque, ouverte tous les jours, même le dimanche, est très-riche en ouvrages français et étrangers relatifs à l'industrie et à l'agriculture. Elle a été installée, comme nous l'avons dit, dans l'ancien réfectoire de l'abbaye, monument si remarquable par la légèreté de son architecture, la hardiesse de la voûte et la délicatesse des piliers qui la soutiennent. C'est un des chefs-d'œuvre de Pierre de Montereau, dont le plus remarquable est la Sainte-Chapelle de Paris.

De 1845 à 1851, les bâtiments du Conservatoire ont été agrandis, restaurés et mieux appropriés aux besoins d'un établissement de ce genre. Un catalogue raisonné et méthodique se vend à l'entrée.

Du quartier Saint-Martin, nous pénétrons dans le

Marais par la rue Rambuteau, qui nous mène aux
Archives de l'Empire, rue de Paradis.

XLI

ARCHIVES DE L'EMPIRE.

Des collections d'archives existaient dans l'antiquité ; les Grecs, les Romains en avaient établi dans
leurs temples. Dès les premiers siècles de la monarchie, les rois de France avaient leurs archives.
. Dans la suite, le Parlement conserva ses actes dans
des registres ; l'Église, les monastères, les communes eurent leurs chartriers ; chaque famille gar-
dait avec soin ses archives particulières. Aucun de ces
dépôts n'avait de lien avec les autres, et on ne s'ima-
ginait pas qu'un jour les événements les réuniraient,
sinon en totalité, au moins en grande partie.

C'est Charlemagne qui créa le premier dépôt de
documents relatifs à l'histoire de France et que l'on
conservait dans le palais impérial. Philippe Auguste,
qui se faisait suivre par les archives lorsqu'il allait à la guerre, surpris en 1194 par Richard Cœur
de Lion, se sauva, perdit les archives et le sceau
royal dans la déroute. Pour éviter à l'avenir une
perte semblable, le chancelier de France Guérin fut
chargé en 1210, de rassembler toutes les chartes

émanées des rois depuis 1195, et de les copier sur des registres par ordre de matières. Telle est l'origine du *Trésor des chartes.* Le 1er juin 1615, Pierre Dupuy commença, en collaboration avec Théodore Godefroy, l'inventaire des titres et chartes du Trésor du roi, qui fait aujourd'hui partie des Archives de l'Empire.

Vers la fin du xviiie siècle, le gouvernement chargea plusieurs savants d'extraire dans les dépôts d'archives de France tout ce qui pouvait servir à l'histoire nationale. Ce travail produisit environ 50 000 pièces qui font partie des manuscrits de la Bibliothèque impériale.

C'est sous le règne de Louis XIV que les archives de l'État ont commencé à avoir une organisation plus suivie. Baluze recueillit les *Capitulaires* (constitutions, décrets, etc., promulgués par les rois francs des deux premières races); il classa les manuscrits et créa, en 1668, le dépôt de la guerre. Les autres ministères suivirent cet exemple. Les papiers de la couronne furent déposés au Louvre en 1716. Sous Louis XV, les ministres Choiseul et Argenson réunirent dans un bâtiment, à Versailles, toutes les archives de la guerre et de la marine.

Le dépôt central actuel des archives de France doit son origine à l'Assemblée nationale, qui, en 1789, institua ses archives afin de réunir et conserver les actes officiels dont elle allait prendre l'initiative et les pièces de tout genre qui allaient affluer sur son bureau ou dans ses comités. Elle les établit dans le couvent des Feuillants de la rue Saint-Honoré, à côté de la salle dite du Manége, où elle tint ses séances et procéda la même année à l'élection de son archiviste ; ce fut Armand-Gaston Camus, avocat au Parlement et député de Paris, que le scrutin désigna pour l'organisation de ce dépôt. Ce choix de l'Assemblée nationale était d'autant plus heureux que Camus, doué d'un caractère énergique, était un érudit, un avocat de talent, dont la probité égalait le savoir. En 1790, Camus proposa la création d'un dépôt général des archives de l'ancienne monarchie qui existaient au Louvre, aux Grands-Augustins, à Sainte-Croix de la Bretonnerie, etc., et celles des juridictions, abbayes, couvents et corporations supprimées à Paris et dans les environs ; mais cette proposition ne fut admise qu'en partie.

En 1793, la Convention, qui s'était substituée à l'Assemblée législative, qui elle-même avait remplacé l'Assemblée nationale constituante, réunit ses archives à celles de ces deux assemblées qui l'avaient précédée ; elle maintint Camus, l'un de ses membres, dans les fonctions d'archiviste, et en 1794 compléta l'organisation des Archives [1] ; puis, un

---

1. Bordier, *les Archives de la France*, etc. 1 vol. in-8°, Paris, 1855. Ce volume renferme tous les renseignements que l'on peut désirer sur les Archives.

système de triage fut établi pour anéantir tout ce qui rappelait l'ancien régime. Le bureau du triage des titres, fort heureusement composé d'hommes intelligents, contribua puissamment par son zèle et ses lumières à préserver de la destruction un grand nombre de pièces historiques et littéraires qui forment le fonds des Archives de France.

En même temps qu'on rassemblait dans le dépôt central de Paris tous les documents épars relatifs à notre histoire nationale, un autre décret de 1790 faisait réunir aux chefs-lieux de district, qui devinrent plus tard les chefs-lieux des préfectures actuelles, tous les titres provenant des intendances, cours des comptes, bailliages, évêchés, monastères, châteaux, etc., des anciennes provinces dont on forma la nouvelle division de la France en départements. Les archives départementales, trop longtemps négligées, sont, depuis 1838, classées et inventoriées par un employé spécial ayant le titre d'archiviste et la mission de réintégrer dans les archives les papiers détournés à différentes époques[1]. Un décret impérial de 1853, préparé d'après les ordres

1. Cet archiviste, souvent choisi parmi les élèves sortant de l'École des chartes, est le plus ordinairement étranger au département. Il serait bien préférable que les conseils généraux fissent pour les Archives ce qui se pratique dans bien des départements à l'égard de jeunes artistes peu aisés, qui sont défrayés par l'administration locale pour venir à Paris se perfectionner dans les arts ; qu'ils envoient de même comme pensionnaires à Paris

de l'Empereur par M. de Persigny, ministre de l'intérieur, donna aux Archives départementales une organisation plus large et plus régulière ; ces archives, indépendantes du dépôt de Paris, constituent un vaste et riche ensemble de documents authentiques pour l'histoire des provinces, des communes, des familles et des propriétés particulières, et dont l'inventaire sommaire se publie en ce moment sous la surveillance du bureau des archives départementales, établi au ministère de l'intérieur en 1854[1]. Le chef de ce bureau, M. A. Champollion, et les quatre inspecteurs généraux des archives, MM. de Stadler, Francis Wey, de Rozières et Bertrandy concourent à la parfaite exécution de ce travail important, dont les deux premiers volumes sont imprimés.

En 1808, l'État fit l'acquisition de l'hôtel Soubise, situé à l'angle des rues du Chaume et de Paradis au Marais, où les archives furent transportées l'année suivante[2], et on y réunit les archives des juridictions et abbayes supprimées à Paris et dans quelques villes environnantes, ainsi que les titres domaniaux.

---

des jeunes gens remarquables par leur aptitude, suivre les cours de l'École des chartes. Par ce moyen, chaque département serait en possession d'un archiviste né dans la localité, et qui aurait naturellement acquis ce goût, ce soin jaloux pour tout ce qui se rattache à l'histoire de sa province.

1. *Revue archéologique*, année 1853, p. 747.

2. *Revue archéologique*, 1846, p. 625 ; 1847, p. 760, et planches 82, 83 ; 1855, p. 569 ; 1856, p. 570.

Depuis, ce dépôt a pris un accroissement considérable ; les bâtiments ont été augmentés sous le
règue de Louis-Philippe, et aujourd'hui plusieurs
galeries sont en construction.

Cet établissement est divisé en quatre sections,
savoir : section du secrétariat, section historique,

Hôtel Soubise.

section administrative et domaniale, section législative et judiciaire.

La section du secrétariat est chargée de conserver
les documents provenant de l'ancienne secrétairerie
d'État; ceux contenus dans l'armoire de fer, dont il
sera parlé plus loin ; de classer et conserver tous les
actes, lois, arrêtés, instructions, procès-verbaux et
rapports concernant l'organisation et le service des

archives ; de dresser un **état** détaillé de tous les inventaires et répertoires existant dans chacune des sections. Cette section est, en outre, chargée du service de la salle du public et de la bibliothèque spéciale pour les employés; de fournir aux particuliers les renseignements dont ils ont besoin ; de recevoir et classer les dépêches ; expédier et transmettre les réponses ; sceller et délivrer les expéditions de titres demandés.

La section historique conserve les documents qui se rapportent spécialement à l'histoire politique, militaire et religieuse de la France, depuis les temps anciens jusqu'à la révolution de 1789, notamment le Trésor des chartes et son supplément, les cartulaires, les bulles, les titres généalogiques; les sceaux historiques et leurs empreintes, dont la collection s'élève à plus de 12 000 types, qui sont tous savamment classés en 200 catégories : 120 pour la partie ecclésiastique, les papes, les cardinaux, les évêques, les abbés, les chapitres et les congrégations ; 80 pour la partie laïque, les rois de France, les souverains d'Europe, les grands feudataires, la noblesse, les villes, les corporations, la bourgeoisie.

La section administrative conserve les documents plus spécialement relatifs à l'administration domaniale, financière et contentieuse de l'ancienne France, tels que les ordonnances, les lettres pa-

tentes, les bons et brevets du roi, les actes émanés
du conseil d'État, du conseil de Lorraine, des états
provinciaux, de la chambre des comptes de France,
du bureau de la ville de Paris, les archives de la
couronne, les papiers relatifs aux domaines des
princes et aux apanages, aux séquestres et confis-
cations ; enfin, tous les actes émanés des anciennes
administrations établies au siége même du gouvernement ; les versements des ministères, comprenant
tous les documents d'intérêt public dont la conservation est jugée utile et qui ne sont plus nécessaires
au service administratif.

La section législative et judiciaire conserve les
lois et actes émanés des assemblées politiques depuis
1789 jusqu'à nos jours, les documents provenant
des autorités ou corps judiciaires de l'ancienne
monarchie, les versements du ministère de la justice.

On comprend d'autant plus l'importance de la
formation des archives, que cette énumération de
papiers qui y sont rassemblés et classés indique l'a-
vantage que tout le monde peut en tirer pour les
recherches de toutes sortes que peut avoir à y faire
telle personne de n'importe quelle condition, l'ar-
tisan, le légiste, le jurisconsulte, l'historien, l'artiste, etc. C'est un motif suffisant pour mettre à
l'avenir ces documents précieux à l'abri de ces fu-
nestes destructions qui, de tout temps, sous des

prétextes politiques, ont non-seulement dévasté les monuments, mais aussi annéanti pour toujours des objets d'art et une multitude d'actes publics et privés, si utiles pour les études historiques et administratives, ainsi que pour servir aux intérêts privés.

En 1790, l'Assemblée constituante décida que l'on construirait une armoire en fer destinée à renfermer les formes, planches et timbres employés à la fabrication des assignats, immédiatement après qu'on en aurait fait usage, et qui fermerait avec trois clefs, dont l'une serait gardée par le président de l'Assemblée, l'autre par le secrétaire et la troisième par l'archiviste [1]. Plus tard, cette armoire, transportée au dépôt central des archives, servit à renfermer plusieurs objets et écrits qui, perdant leur caractère au fur et à mesure des changements politiques qui se succédaient à de courts intervalles, en étaient bannis. Puis, l'armoire de fer perdit sa qualité de meuble essentiel et son utilité pratique,

1. Les premiers assignats ont été décrétés les 19 et 21 décembre 1789 et les 16 et 17 avril 1790. La première création fut de 400 millions; mais en attendant leur fabrication, on s'est servi des billets de la caisse d'escompte qui furent échangés contre les assignats le 10 août 1790. Après six années d'exercice, pendant lesquelles les assignats subirent des fluctuations nombreuses, ce papier-monnaie resta sans valeur dans les mains de ceux qui en possédaient. Dans le *Tableau de la valeur des assignats, des rescriptions et des mandats*, publié par Ant. Bailleul, en l'an IV (1796), on trouve le cours journalier de la valeur des assignats,

puisqu'il n'y avait rien de définitif dans le choix
des objets qui y étaient renfermés; aussi, depuis
plusieurs années, cette armoire, qui renferme, outre
les étalons en platine du mètre et du kilogramme,
des diplômes et des autographes précieux, des médailles, des bulles d'or, des sceaux, des timbres, les
clefs de la Bastille, plusieurs pièces manuscrites de
provenances diverses, n'est plus considérée que
comme servant à une exposition toute préparée de
quelques objets parmi les plus rares et les plus curieux que renferment les archives, et destinée à satisfaire immédiatement la curiosité des étrangers
admis à visiter l'intérieur de cet établissement.

Deux hommes éminents et qui ont laissé des
souvenirs honorables dans la mémoire de leurs
concitoyens, Daunou et Letronne, sont au nombre
des administrateurs qui se sont succédé dans cet
établissement depuis Camus. Tout le temps qu'ils
ont passé dans cette fonction a été rigoureusement
employé à diriger le service des archives, tant pour
le classement des documents qui y arrivaient de

depuis leur origine jusqu'au 9 juin 1796, que le louis d'or de
24 livres représentait 8250 francs en assignats; quelques jours
avant, le louis d'or était coté jusqu'à 17 950 francs en assignats.
Sous la Convention, il y avait en circulation pour 40 milliards de
ce papier-monnaie, dont il existait des coupures de 10, 15 et
20 sous pour les besoins journaliers. Aujourd'hui ces papiers-
monnaies sont recueillis comme curiosités dans les cabinets
d'amateurs; le département des estampes de la Bibliothèque impériale en possède une collection complète.

toutes parts que pour satisfaire aux demandes nombreuses du public.

Letronne surtout, que nous avons pu admirer personnellement dans les relations d'affaires que nous avons eu l'honneur d'entretenir avec lui pendant plusieurs années, était d'une activité extraordinaire, qu'il dépensait largement au profit des établissements qu'il a administrés et du public admis à jouir des améliorations qu'il y introduisait jusque dans les moindres détails. C'est cette vigueur, cette activité d'esprit qui lui permettaient, en dehors des charges administratives confiées à ses soins, la production de ces travaux d'érudition qui illustreront à jamais son nom. Letronne est mort en fonction aux Archives au mois de décembre 1848.

Pendant son administration, Letronne avait eu l'idée de former dans une chapelle, restes de l'ancien hôtel Clisson qui furent épargnés lors de la construction de l'hôtel Soubise, un musée composé de tous les objets curieux conservés aux Archives et étrangers au service de cet établissement. Il avait aussi commencé à mettre à exécution le projet de créer, dans une des salles des Archives, un musée sigillographique qui aurait offert d'autant plus d'intérêt, que, pour les travaux sérieux que l'on fait maintenant sur l'histoire et les arts du moyen âge, l'étude des sceaux occupe une place très-importante, surtout depuis que le classement méthodique

que M. de Wailly a appliqué à ces monuments les a mieux fait comprendre.

C'est à cette époque que M. Lallemand, alors commis d'ordre, voulant contribuer à l'exécution de ce projet, et encouragé par son chef, apprit l'art du mouleur et y devint tellement habile que, quoique ne consacrant à ce travail que ses heures de loisir, il fournit aux Archives, de 1842 à 1850, plus de 4000 empreintes de sceaux en soufre et deux fois autant de matrices en plâtre. Un savant employé des Archives, M. Douet d'Arcq, a secondé l'artiste dans ce travail en lui fournissant les renseignements scientifiques qui lui étaient nécessaires. La mort prématurée de Letronne n'a pas permis que ce projet, en si bonne voie d'exécution, fût continué. En 1850, son successeur, qui sans doute avait peu de goût pour les innovations utiles, non-seulement anéantit le projet du musée sigillographique, mais livra comme inutiles, à la direction des domaines pour les faire vendre, un grand nombre des objets curieux conservés depuis longtemps aux Archives. On en trouve le détail dans l'ouvrage de M. Bordier, et des renseignements sur quelques-uns de ces objets, dans la *Revue archéologique* [1].

Le directeur actuel des Archives, M. le comte de Laborde, s'occupe en ce moment de réaliser les

---

1. *Les Archives de la France*, ouvrage déjà cité, p. 279, 282; *Revue archéologique*, 1854, p. 571; 1855, p. 115.

projets de Letronne pour la formation d'un musée, mais en les modifiant en certaines parties, suivant son goût artistique. Il fait restaurer à grands frais les anciens salons de l'hôtel Soubise : les boiseries, les peintures, les dorures, les tapisseries, tout y sera rétabli comme au temps de la splendeur de cette demeure princière. Dans ces salles, magnifiquement décorées, seront disposés avec méthode dans des vitrines une collection de sceaux, ainsi que des chartes et autres pièces choisies parmi les plus curieuses que possèdent les Archives, afin de former une exposition paléographique qui, par son intérêt, n'aura de rivale nulle part ailleurs.

XLII

ÉCOLE DES CHARTES.

Une partie des bâtiments des Archives est affectée à l'École des chartes, fort bien placée là, au centre des matériaux qui font le sujet des cours qui y sont professés. L'ancienne porte de l'hôtel Clisson que l'on voit entre les deux tourelles, rue du Chaume, forme l'entrée de cette École.

L'idée fondamentale de cette institution patriotique appartient à Napoléon Ier, qui, en 1806, demanda un projet à son ministre de l'intérieur, M. de Gérando ;

mais la lenteur apportée à ce travail dans les bureaux et la rapidité avec laquelle se succédèrent les événements de cette époque furent cause que cette idée fut abandonnée. En 1820, M. de Gérando la soumit de nouveau à M. le comte Siméon, alors ministre de l'intérieur, et, en 1821, Louis XVIII créa l'École des chartes pour former des archivistes-

Porte et tourelles de l'hôtel Clisson.

paléographes qui devaient trouver des emplois dans les bibliothèques publiques, dans les archives du royaume et dans les divers dépôts littéraires.

Après bien des vicissitudes, l'École des chartes a été réorganisée en 1846, sous l'autorité d'un directeur. L'enseignement, qui embrasse trois années, est donné par trois professeurs titulaires et trois professeurs auxiliaires; il comprend : la lecture et le déchiffrement des chartes, monuments originaux de notre histoire; l'archéologie figurée, comprenant l'histoire de l'art, l'architecture civile, militaire et religieuse, la sigillographie et la numismatique; l'histoire générale du moyen âge, appliquée particulièrement à la chronologie, à l'art de vérifier l'âge des titres et leur authenticité; la linguistique appliquée à l'histoire des origines et de la formation de la langue nationale; la géographie politique de la France au moyen âge; la connaissance sommaire des principes du droit civil, du droit canonique et du droit féodal. Telles sont les principales matières d'enseignement. Des examens ont lieu chaque année pour la délivrance des diplômes d'archiviste-paléographe aux élèves qui ont suivi les cours avec succès. Ces cours sont ouverts gratuitement au public comme aux élèves inscrits.

XLIII

IMPRIMERIE IMPÉRIALE.

Contiguë aux Archives, puisqu'elle occupe une dépendance de l'hôtel Soubise, l'Imprimerie impériale, dont l'entrée est rue Vieille-du-Temple, mérite de fixer l'attention à cause de son importance; le public est admis à la visiter les jeudis, sur la présentation de billets délivrés par le directeur.

Antérieurement au règne de Louis XIII, il y avait des imprimeurs du roi, les uns pour le grec, l'hébreu, d'autres pour le latin, pour le français; mais il n'y avait pas d'imprimerie royale. C'est en 1640 que Louis XIII, agissant sous l'inspiration du cardinal de Richelieu, fit établir une imprimerie dans le palais du Louvre sous la direction de Séb. Cramoisy. On l'approvisionna de caractères gravés pour les imprimeurs de Paris, et on continua à se servir de ces caractères dont l'origine remontait à François Ier, jusqu'à la fin du xviie siècle, époque à laquelle Louis XIV ordonna qu'une typographie spéciale serait gravée pour le service de son imprimerie, et qui fut employée pour la première fois en 1702, dans le magnifique ouvrage intitulé : *Médailles sur les principaux événements du règne de Louis le Grand*.

C'est aux caractères de Louis XIV que furent ajoutés, d'après l'ordre même du roi, les signes dont une partie distingue encore aujourd'hui les types de l'Imprimerie impériale de ceux des imprimeurs du commerce, auxquels il est formellement interdit de les imiter. Ces signes consistaient dans le doublement du délié supérieur des lettres minuscules b, d, h, i, j, k, l. Cette dernière lettre était, en outre, flanquée au milieu de sa hauteur à gauche, d'un trait égal au demi-délié qui formait un des signes les plus apparents de ces caractères. Plusieurs de ces marques ont été supprimées dans les nouveaux types, d'autres y ont été introduites: mais le trait latéral de la lettre *l* a été conservé.

Du Louvre, l'Imprimerie impériale a été transportée, en l'an III de la République, rue de la Vrillière, dans l'hôtel occupé aujourd'hui par la Banque de France; c'était alors l'imprimerie de la République. En 1804, Napoléon lui donna le nom d'Imprimerie impériale, et, en 1808, lui assigna le local qu'elle occupe encore aujourd'hui et qui a été approprié à son usage.

Cet établissement a constamment suivi les progrès de la typographie française, en faisant graver à diverses époques de nouveaux types spéciaux, et, dans bien des cas, en aidant puissamment ce mouvement progressif. Il est curieux d'examiner ces progrès dans le tableau qu'a publié l'Imprimerie impériale[1].

Outre les nombreux types français que cet établissement a fait exécuter, il a aussi fait graver les caractères d'écritures ou de typographie des principales nations du globe. C'est ainsi qu'on y trouve des caractères égyptiens ou hiéroglyphes, du cophte, du chinois, du persépolitain, de l'hébreu, de l'arabe, du grec, de l'étrusque, du runique, de l'allemand,

1. *Notice sur les types étrangers des spécimens de l'Imprimerie royale.* In-4°, 1847, p. 46, 47.

du sanscrit, etc., etc. La plupart de ces différents types étrangers ont été exécutés pendant l'habile direction de M. Lebrun, de l'Académie française, qui a introduit beaucoup d'améliorations dans cet établissement jusqu'en 1848 qu'il l'a administré. Aussi, cet établissement, qui se perfectionne encore tous les jours, est-il unique dans l'univers pour la richesse et la variété de son matériel. De plus, on y trouve des ateliers de tous genres pour établir un livre, depuis la fonderie en caractères jusqu'à la reliure.

L'Imprimerie impériale est dans les attributions du ministère de la justice. Elle est exclusivement chargée de l'impression du *Bulletin des lois*, des règlements et des actes émanant du gouvernement, des effets et valeurs émis par le Trésor public, etc. Elle imprime aussi les ouvrages de sciences ou d'art, publiés aux frais du gouvernement, et, sur l'autorisation du ministre de la justice, les auteurs et éditeurs peuvent y faire imprimer leurs publications; enfin, par un article du règlement, l'Imprimerie impériale est autorisée à prêter aux imprimeurs de Paris et des départements les caractères étrangers qui leur sont nécessaires pour les ouvrages scientifiques dont l'impression leur est confiée par des éditeurs. Ces prêts sont limités, et l'Imprimerie impériale se fait seulement rembourser les frais de composition.

XLIV

De l'Imprimerie impériale nous ferons une visite à la bibliothèque de la ville de Paris, établie dans l'étage supérieur, côté Est, de l'Hôtel de ville, où, après bien des changements de destination et de local, elle a été transportée en 1847, et classée en moins de deux mois par les soins de M. Prosper Bailly, sous-bibliothécaire. Cette bibliothèque, très-riche en ouvrages et gravures sur Paris, possède environ 200 manuscrits et plus de 100 000 imprimés dont 15 000 volumes donnés, il y a quelques années, par les divers États d'Amérique. Elle est ouverte au public les jours non fériés.

En quittant la bibliothèque de la ville de Paris, nous n'avons plus à visiter que la bibliothèque de l'Arsenal, située à l'extrémité du quai des Célestins, rue de Sully.

XLV

Cette bibliothèque, l'une des plus importantes de la capitale, doit son origine au marquis de Paulmy d'Argenson, ministre de la guerre et gouverneur de l'Arsenal, qu'il habita jusqu'à sa mort et où il avait réuni une grande partie de la bibliothèque du duc de la Vallière et environ 125 000 volumes d'histoire, de romans des siècles derniers, des œuvres de tous les poëtes français depuis la renaissance des lettres. Cette magnifique et précieuse collection fut acquise, en 1781, par le comte d'Artois, depuis Charles X, qui la laissa dans les bâtiments du grand Arsenal; elle fut alors désignée sous le nom de *bibliothèque de Monsieur*, qu'elle conserva jusqu'en 1830, époque où elle reçut le nom qu'elle porte actuellement.

La bibliothèque de l'Arsenal, la plus riche après la Bibliothèque impériale, possède environ 6000 manuscrits et 250 000 imprimés. Elle est aussi remarquable par le nombre de volumes qu'elle renferme que par la rareté et le choix des ouvrages. Le public est admis à y travailler tous les jours non fériés.

Comme on le voit par ce court examen, Paris possède un grand nombre d'établissements scientifiques, car; outre les bibliothèques et collections signalées dans notre itinéraire, il y en a un grand nombre dont nous n'avons pas parlé et où le public n'est pas admis, telles sont les bibliothèques du conseil d'État, du Corps législatif, du dépôt de la guerre, des cartes et plans de la marine, de l'École de pharmacie, etc.

En traçant cette course rapide à travers les collections et les bibliothèques que nous n'avons pu faire que mentionner, notre principal motif a été d'inspirer à nos lecteurs qui ne les connaissent pas bien encore le désir de visiter attentivement ces riches et scientifiques dépôts, et de développer ainsi davantage l'heureux besoin de s'instruire qui se manifeste de jour en jour dans toutes les classes de la société.

FIN.

TABLE DES MATIÈRES.

ITINÉRAIRE.

RIVE DROITE.

FIN DE LA TABLE.

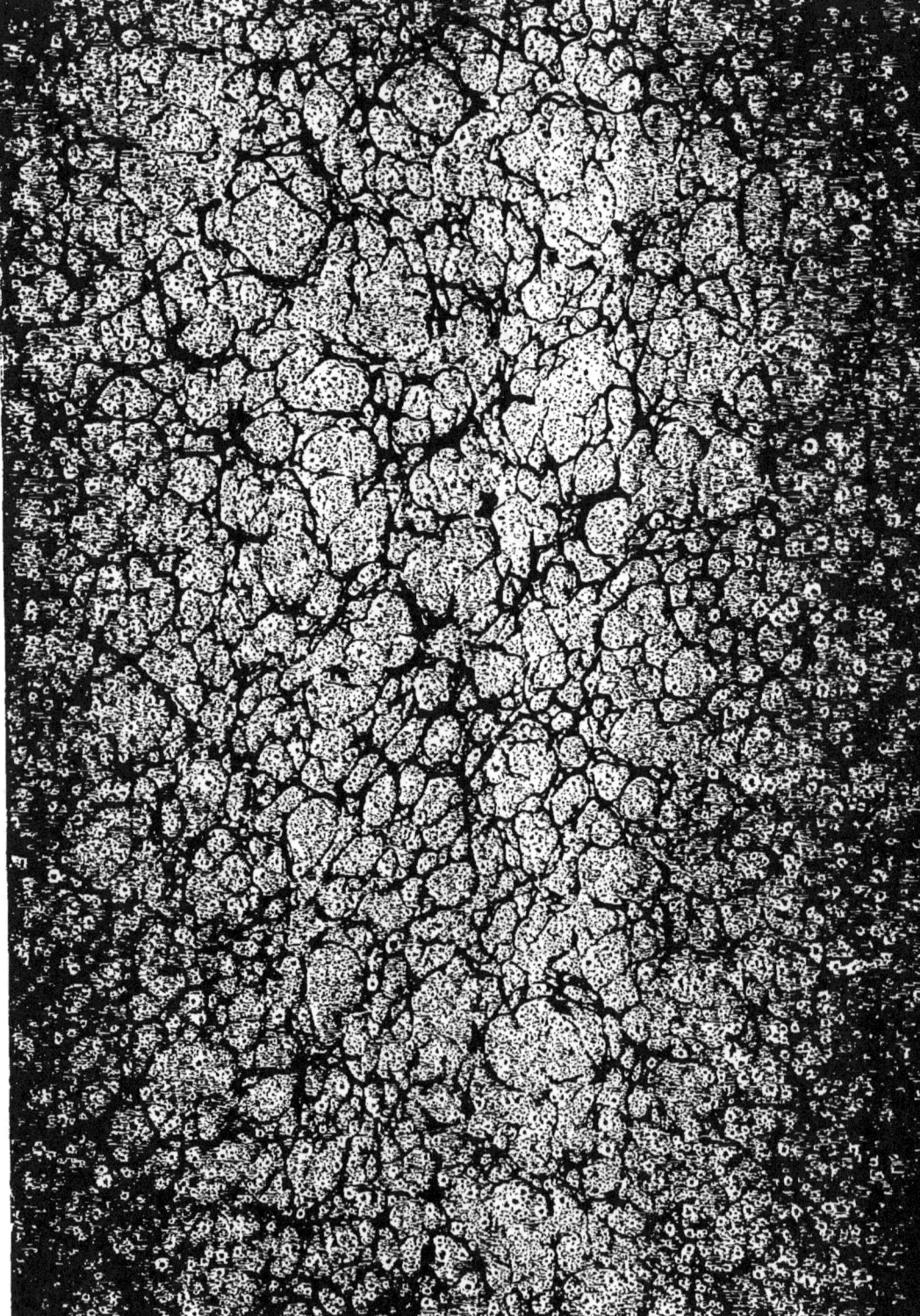

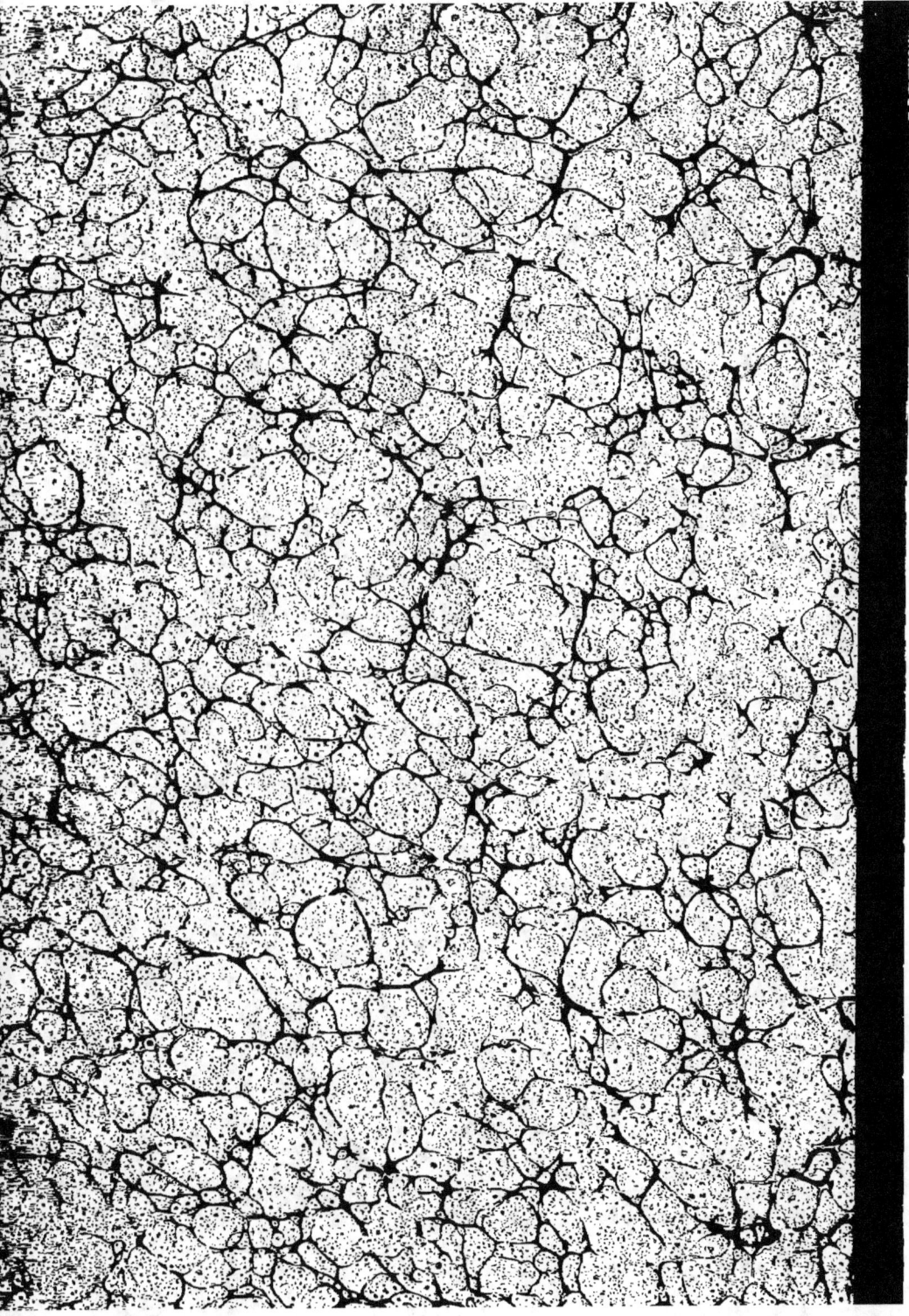

www.ingramcontent.com/pod-product-compliance
Lightning Source LLC
Chambersburg PA
CBHW051133260626
47170CB00005B/1795